U0042902

你為幸福而生！

陳幸蕙——著

【自序】你為幸福而生！

1. 捷運上的兩種新新人類

在捷運上，我曾看過兩種新新人類——

一是本來在位置上坐得好好的，見髮蒼蒼長者上車，即使對方看來沒那麼老，也仍立刻露出溫暖微笑，起身讓座的年輕人、好孩子。

另一種則是，大剌剌在座位（甚至博愛座）上，低頭滑手機，或和朋友放聲說笑，對於就站在自家面前、髮色灰白、行動不便的老人家，視若無睹，彷彿對方是空氣般存在的年輕人、冷孩子。

本書所寫人物，例屬前者。

2. 這些故事是真的嗎？

請不要問：「這些故事是真的嗎？」

這樣的問題，總令作家，包括我，想起——半身像被印在瑞士一百法郎上的雕塑家——傑克梅第的一句話：

「作品不是真實的再現，而是創造一個有著相同強度的真實。」

於是，揉合我所知之青少年故事，以及我對新新人類的祝福與信念——

你為幸福而生！

以一枝文學之筆，從心出發，真誠書寫，在過去四年多時間裡，我完成了此書系列性作品，絕大部分均分別在《未來少年》、《幼獅少年》上，以專欄形式發表。

3. 未來世界的火種與希望！

我樂於與青少年對話，樂於為新新人類創作，是因為他們是未來世界的火種與希望！

如果，作家的職業是愛世界。

是穿越失望、憂傷的迷霧，去愛這受傷的世界！

那麼透過此書，我所希望進行的乃是——

具療癒意義的善資訊、善思維之傳遞，並且，與青少年朋友切磋分享、相與期勉。

若還能造成紙上的「蝴蝶效應」，啟動善能量、善循環，哪怕只是一星星、一丁點兒，我都將欣然覺得——未負手中這枝筆，未負作家這個職稱與名號。

4. 大思考需要大景觀，新思想需要新位置

一直很喜歡一句話：

「大思考需要大景觀，新思想需要新位置。」

從「大」與「新」的理念出發，進行書寫，因此，這本書的兩大主題內容，乃分別是——

輯一，將臺灣青少年和地球公民角色結合，聚焦於全球

思考，在地行動。

輯二，在與時俱進基礎上，鋪陳我所蒐集之溫馨有趣、啟人深思、慨歎不已，或讓人疼入心的新世代青少年故事。

5. 明快的敘事節奏

書寫過程中，我常想起的一個人是，上世紀美國總統艾森豪。

據說，艾森豪不喜歡字數超過一頁的文件！因為他認為一個人不能把要說的話，在一頁內說完，思想就不夠純粹。

於是，身處網路時代，當「簡訊體」、「微信體」已漸成大眾習於閱讀的文字形式時，上述艾森豪之言，對我在本書創作策略上的啟發和影響便是——

・以微散文、微小說方式呈現故事。

・以強烈標題性、段落感，甚至標點的戲劇性變化，形成明快的敘事節奏。

——藉以貼近數位時代讀者、新新人類的閱讀習慣。

當然啦，最重要的還是，要把故事說得生動、活潑、好玩、好看、接地氣，具悅讀效果，乃至過目難忘，縈繞於心！

6. 瓶中信

如今，一本為新世代書寫、名為《你為幸福而生！》的作品問世了。

這是一位安靜寫作、心懷世界與人間的作家，在浩瀚的時光之海中，寄出的瓶中信。

瓶中信的訊息只有一個：

你為幸福而生！

但願新世代，認同這寄寓深情的祝福。

並且，在開拓自己和這世界的幸福中，發現、創造人生的意義。

——二〇二二年四月清明　於新北市・新店

目錄

【輯二】

對世界的祝福成真！

輯 1

讓世界因為我，而更可愛！

花草好時光

走天然路線最好！

住家巷弄底，有一兼賣花草茶和迷你盆景的小店。

店名叫「好時光」。

偶爾經過，常推門而入，去享受一段充滿茶香的清寧好時光。

和海苔就是這樣認識的。

海苔是「好時光」老闆娘獨子，今年國三，一位總帶著笑意的暖心男孩。

那個週末早晨，「好時光」才開門營業，我被花架上盛綻的滿天星和鮮碧優雅的鐵線蕨吸引，便信步走入店內，叫了杯檸檬香草茶，細細品味。

忽然，一陣熱食香味飄近，我回頭一看，買了韭菜鍋貼當早點的海苔，正微笑走來，說如果不打擾的話，想請我品嚐他排隊十分鐘才買到的人氣美食。

「怎這麼巧？」

我暗想。

因為那清鮮獨特的滋味，韭菜，哎，正是我最無法抗拒的蔬菜之一啊！

於是，在那無人打擾的假日清晨，因著一份熱騰騰美食的分享，平日喊我阿姨的海苔，和我有了更親切活潑的交談。

海苔告訴我，他媽媽崇尚自然，不論養貓養狗，或所賣花花草草，都不給、或盡量把人工干擾降到最低。

以致於在學校，當同學買飲料，問他要橘子口味、草莓口味還是原味時，他都會拿出從家裡帶到學校的水壺，說他是「白開水口味」——

「因為我媽說走天然路線最好啊！」

然後海苔提到，他姨丈在臺南鄉下開養雞場，也採天然放養，每隻雞都很自由！

而每回去姨丈家，他最愛看就是——

「一大群雞在地上打滾、玩砂浴，真的好快樂！」

海苔說姨丈曾告訴他，臺灣大部分養雞場都把雞關在窄籠裡，尤其生蛋的母雞：

「一個A4紙張大小的鐵籠可以塞兩隻，甚至四隻雞吔！母雞吃喝拉撒睡都在籠子裡，因空間太小，沒辦法張開翅膀，梳理羽毛除蟲，養雞人就在飼料裡加抗生素防蟲，常造成藥物殘留的毒蛋！」

海苔說因姨丈沒小孩，他從小和姨丈超親，又很認同「反籠飼」的人道理念，所以姨丈曾開玩笑說，將來可能會把養雞場交給他經營喔！

由於對養雞真的還蠻有興趣，海苔說他大學想讀動物或畜牧系，而將來若真接手姨丈養雞場，除了會繼續天然放養外，還要讓雞每天聽莫札特、要在雞場內外種滿花花草草，希望為愛吃蛋的人生產「快樂雞生的健康蛋」！

「至於蛋盒嘛——」

海苔眼睛閃著光說：

「當然就用可天然分解的環保材質啦！」

看著眼前這神采飛揚的未來養雞達人，當海苔說他要「超前部署」，請我為養雞場想個名字時，我不禁有感而發說：

「就叫——花草好時光！如何？」

「ㄟ，不錯吔！」

海苔用拳頭猛敲了一下大腿。

而就在滿天星、鐵線蕨、花草茶香，與美好理想的環繞下，那個週末，我何其幸運，竟已先度過了一段名副其實、真正難忘的——

花草好時光！

仲夏驚魂記

在山上從事野外觀察，他最想看到的是，蛇！

鄰家男孩披薩參加「青春森活夏令營」回來了。

皮膚曬得微棕的臉上，雖有幾分倦意，但一提起和學員在林間爬樹、玩泥巴，以及荒野觀察、窯烤野炊等趣事，立刻露出歡喜的笑容。

問披薩這次活動，印象最深的是什麼？

他不假思索說，是活動第二天下午，一位營隊教官打死了一條蛇——

「是臭青母喔！」
「臭青母？」
我有點吃驚的問：
「你怎麼知道？」
「因為一個隨隊教官是生物老師呀！」
披薩回答：
「他從蛇身上斑紋看出來的。」
然後，披薩便說起了那難忘的「驚魂記」。
原來，活動第二天下午，披薩和幾個學員以及一位教官到營區附近池塘走走。
就在他們驚喜發現，這仲夏水塘竟然有蝌蚪時，一條青蛇忽從石下冒出，朝遠處姑婆芋叢蜿蜒而去。
一位膽小女生尖叫起來。

教官立刻抄起身邊一截斷落的樹幹，衝上前朝蛇頭猛力重擊，附近一位教官也迅即趕來聲援，就這麼亂棒齊揮——

「本來蛇還在那裡掙扎的，後來血流出來，就不動了！」

然後，披薩說，教官便把他們帶回營區，至於那被打死的蛇，就丟進了山下草叢，而那個晚上，教官更宣布，池塘周圍禁止學員前往！

聽披薩說完，我忽想起生態自然作家劉克襄，曾有一帖小品描述，鄰居請他把住家附近一條受傷的臭青母打死，但劉克襄告訴鄰居：

「牠沒有毒，不會傷人！」

便把蛇引向住宅後山裡。

這帖小品一直令我印象深刻，因為劉克襄在文中說，大部分的蛇膽小害羞，遇到人其實比人更害怕，人對蛇的過度反應並無必要，而他平日在山上從事野外觀察，「最想看到的便是蛇」！

「因為蛇是森林生態指標。」

劉克襄這樣說。

蛇的存在，意味「獵物」豐富、山野生機蓬勃，若林中行走看不到蛇，他必悶悶不樂。

這帖小品最後，劉克襄更以充滿感情的口吻，說他林間遇見蛇如遇見「自己的同胞」！

如此「民胞物與」的精神，哇，我每次想起，都覺得望塵莫及、由衷讚歎！

我不知人對蛇的恐懼和敵意，是否源自《聖經・創世紀》中，蛇引誘夏娃吃智慧果（蘋果）的敘述，以及蛇的形貌實在不是那麼討喜？

但我知道，恐懼有時令人殘忍！

而在那個當下，若蛇無心傷人，那麼教官保護學員，除取其性命外，是否還可以有其他更好的做法呢？

這場人蛇不期相遇，對蛇來說，是否？唉，才真是一場不幸的驚魂記？

想到這，於是我決定，要把劉克襄那帖小品拿給披薩看，並和他共同理性思考、討論，啊，這些由仲夏驚魂記延伸出來的課題。

上帝的水族箱

地球不專屬於誰，是向未來的孩子借的！

去愛心動物協會找朋友時，遇見了小米。

小米今年國一，是愛心動物協會小志工，她媽媽是協會教育專員，因專救流浪貓，故有「貓俠」之稱。

看見我時，小米笑嘻嘻跑過來請我吃椰子糖，說是春節和爸媽帛琉五日遊帶回的「戰利品」。

我問小米帛琉遠不遠？

她開心說：

「不遠！我帶Hello Kitty抱枕坐飛機，看窗外風景、吃個午餐睡個覺，再和爸媽聊一下天，三個多小時就到了！」

接著小米告訴我，她爸媽規劃這次帛琉之旅很久了，因為爸爸喜歡潛水，一直想在這有「上帝的水族箱」之稱的島國浮潛。

於是有四天時間，小米說，爸爸都戴蛙鏡、腳蹼，背著氧氣筒「潛進帛琉」！

她和媽媽則在熱帶雨林漫步、探索鐘乳石洞、遠眺鯨魚島，又坐海底透視船，欣賞水下世界的海星、熱帶魚、珊瑚礁，還去看了日軍沉船遺跡。

小米說，因為二次世界大戰時，美、日兩國曾在帛琉激烈交戰，一艘日本補給船被炸沉，遺骸就一直留在原地。

「現在船身長滿貝殼，小魚游來游去，我看了印象超深刻！」

但帛琉之行印象最深刻的，小米說：

「是在牛奶湖敷臉！」

見我大惑不解，小米就笑說因為牛奶湖是火山湖，湖底火山泥含豐富礦物質，媽媽說這是天然護膚聖品，尤其帛琉陽光熾艷，他們全家都沒擦防晒乳，所以母女倆便拿這有硫磺味的白泥敷臉保養——

「敷完後真的臉好細緻滑溜喔！」

我問小米為什麼不擦防晒乳？

小米回答：

「因為爸媽說，防晒乳含有讓珊瑚礁白化死亡的化學物質，我們這次是綠色生態旅遊嘛，當然就不用防晒乳啦！」

然後小米告訴我，帛琉是全球第一個禁用防晒乳的國家，帶化學防晒乳入境會被沒收！

並且，這次他們入境帛琉，護照還被蓋上「帛琉誓詞」，所有觀光客都被要求要簽名承諾——維護生態、不破壞環境，違者重罰百萬美元喔！

小米還說她記得誓詞中有這麼幾句：

我發誓會輕手輕腳，小心探索。

不是給我的東西，我不拿走。

不傷害我的事物，我不傷害。

我唯一留下的，是會被海浪沖刷掉的足印。

我用手機google一番，果然，帛琉真的是全球第一個為保護自然，而制定入境誓詞的國家吔！

因為他們認為，地球不專屬於誰，「是向未來的孩子借的」，希望所有人為下一代，共同守護這美麗的星球！

「我爸說，下次他還想去這上帝的水族箱，我也好想再去！」

看著小米燦爛的笑容，我相信她此次，不，每次的帛琉行，都必是快樂的豐富之旅。

那美好堅定的誓詞不只蓋在護照上，更鐫刻在——

她心中！

愛喝珍珠奶茶的女孩

——我想為臺灣做的一件事 之1

有意義的小事都是大事！

華燈初上時刻，參加完一場座談，坐巴士回家。

才一上車，就看見從補習班下課的鄰家孩子布蕾，也搭同一班車。

微笑落座於她身邊空位，一路閒聊，愉快之外，不免讚歎這從小看著長大的女孩，已是應對得體的國三生了。

巴士轉出市區後，布蕾忽陷入很深的沉默，我忍不住說：

「妳好像有心事喔！」

「沒有啦！」

她靦腆回答：

「是在想明天社會課，上臺報告的事。」

然後布蕾說，這口頭報告題目是「我想為臺灣做的一件事」，每人限時三分鐘。

「那妳想說什麼呢？」

我問。

「不要笑我喔！」

布蕾再度靦腆起來：

「我想說，以後不再用塑膠吸管了！但我擔心這事太小，會被別人笑！」

我好奇問布蕾是如何發想的？

布蕾便說因為在網路上，曾看到一段讓她「很難過」的影片：

一個海洋研究團隊，發現一隻鼻孔插入塑膠吸管、呼吸困難的海龜。研究人員用鑷子，費盡九牛二虎之力，才把已變形的吸管取出。過程中，海龜鮮血直流，不斷痛苦扭動身體——

「真的讓人很不忍心吔！」

布蕾說，她是個很愛喝珍珠奶茶的女孩，每次都會用掉一根塑膠吸管；雖然她相信不會那麼巧，自己用的吸管會被海龜誤食，但畢竟用完就丟，立刻變成垃圾，要好幾百年甚至更久才分解，就覺得「好像有點罪惡感」！

剛好今天自然課老師提到，九十多歲的英國女王因痛心環境污染，已下令白金漢宮、溫莎城堡禁用塑膠餐具和吸管。

「當老師補充，臺灣每年用掉三十億支吸管，可以繞地球十幾圈時——」

布蕾露出沉思的表情：

「我就想那明天社會課報告可不可以說，我想為臺灣做的一件事，就是以後都改用可重複使用的不鏽鋼吸管，買飲料時老闆給我塑膠吸管，我就說『謝謝，不用！』只是，我覺得這事真的好像太小了！」

「不會啊！一點都不小啊！有意義的小事都是大事！而且——」

我半開玩笑說：

「妳和英國女王一樣吔！」

然後我為她打氣：

「其實這不只是為臺灣做的一件事，更是妳為地球做的一件事！想想看，如果每個人都像妳這樣，臺灣，不，地球，會減少多少垃圾？如果我是社會老師，一定給妳打滿分！」

終於，布蕾放心笑了。

分手時，我朝她比出一個「超讚」的手勢。

在我心中，如此溫暖發願，如此充滿關懷意識，如此誠懇的想以建設性作為，為臺灣做一件事的新新人類，實在是超讚的優世代！

明天，她必將啟發全班同學的報告，我相信，也一定是超讚的！

後記：二〇一九年七月，限塑政策上路，臺灣各速食店都已進入「不『管』」時代，不再提供消費者塑膠吸管，本文在此之前完稿。

把世界交到你們手裡

——我想為臺灣做的一件事 之2

未來，把世界交到你們手裡，我們真的很放心！

那天分手後，我常想起布蕾的那個報告。

同時，也很好奇她班上同學，二十一世紀的新新人類，想為臺灣——他們土生土長的這個島嶼——做的一件事是什麼？

中秋連假第一天，適巧在巷口7-11遇見布蕾正為媽媽買豆漿，稍稍閒聊後，我便問她社會報告如何？

沒想到布蕾眉飛色舞告訴我，那天社會課氣氛活潑熱烈，同學報告精采有趣，一堂課下來，她收穫很多。

「哦，比方說？」我問。

布蕾隨即微笑與我分享：

「比方說，有同學爸爸是原住民，她就說將來想編一本臺語、中文、泰雅族語對照的字典。

有同學媽媽是從印尼嫁到臺灣來，娘惹糕做得超好吃，可惜臺灣沒人賣，所以他將來想為臺灣開一家娘惹糕專賣店！

還有同學說媽媽來自大陸湖北，他將來想開的，是一家米其林五星級湖北餐廳喔！然後……」

布蕾繼續愉快的告訴我——

有同學想學歌仔戲，傳承本土劇曲藝術。

還有人說如果沒考試，假日會跟哥哥的大學社團去海邊淨灘。

另外則有人說，國小看見同學被霸凌，好可憐！所以將來想當張老師，幫助霸凌受害者，希望臺灣能「校園零霸凌」。

更有同學說姑姑是國家森林解說員，正在推「ＬＮＴ無痕山林運動」。

「ＬＮＴ無……？」

我忍不住打斷布蕾。

布蕾便笑我反應跟班上同學一樣——不懂！

「不過後來這同學解釋，ＬＮＴ就是Leave No Trace，也就是到森林不要留下破壞痕跡、不要對大自然造成衝擊的意思啦！」

布蕾說，因為這位同學曾和爸媽走過雪山步道，很喜歡被芬多精包圍的感覺，所以將來她也想當守護臺灣森林的解說員。

「那妳印象最深的是什麼呢？」我問。

布蕾不假思索回答說，有兩位同學讓她印象超深刻。一位是父親在禮儀公司上班，深受父親影響，將來也想從事海葬、樹葬、花葬的同學——

「不過她說她最喜歡花葬，尤其桂花葬！」

另一位則是一上臺就高舉「丟掉你的香菸！」手板的同學，說他想為臺灣做的一件事是要當終生戒煙志工：

「這同學還說，他表舅不抽菸，但二手菸吸太多，死於肺癌，有夠冤！由於香菸是很糟糕的污染物，臺灣平均每二十分鐘就有一人死於菸害。所以他不但要當終生戒煙志工，還想以『無菸臺灣』甚至『無菸地球』為目標哩！

最後他下臺前又舉了兩個手板，一個寫的是：

吞雲吐霧間，早日上西天！

丟掉一根菸，荷包樂無邊！

另一個是：

菸菸不熄，可恨至極！

菸菸一熄，健康無敵！

真讓人印象超深刻的！」

至於其他同學嘛，布蕾則調侃說，和她一樣，講的都是「小事」，像冷氣調高一度啦、刷牙不讓水龍頭嘩啦啦流不停浪費水資源啦、自備購物袋、環保餐具等。

「但妳說，這些事並不小，對不對？」

布蕾問我。

「對，有意義的小事都是大事，何況這些事真的並不小！」

我再次以高度的肯定，熱情回答她。

就這樣，毫無冷場聊了十來分鐘，雖仍意猶未盡，但因擔心布蕾媽媽等太久，我們最終還是結束了這假日早晨的開心分享。

看布蕾輕甩馬尾走出7-11時，因為愉快，更因為實在超乎預期，這回，我不只想按讚，更想這樣說了：

「這麼有創意、有想法、有願景！

親愛的孩子，二十一世紀的臺灣新新人類，未來，把世界交到你們手裡，我們真的——

很放心！」

不需要垃圾桶的人

——我想為臺灣做的一件事 之3

人類是地球上唯一會製造垃圾的動物。

看布蕾輕甩馬尾走出7-11時，我忽然想起了另一個女孩——

住在紐約、國籍不同，但同樣留著一頭長髮，也同樣善良可愛、充滿關懷心的美國女孩羅蘭．欣格。

比布蕾年齡稍長的欣格，學的是環境科學。

學生時代，她的老師曾告訴她，人類是地球上唯一會製造垃圾的動物，而垃圾的簡單定義便是：

「明知在掩埋場不能分解，卻仍然丟棄的東西。」

大學四年教育令欣格感慨最深的便是：

「人類用垃圾，破壞了地球的未來！」

因此她下定決心，要過一種「零浪費、零廢棄」的生活，那是她想為地球做的一件事。

但是，在充滿物質誘惑、鼓勵消費的世界，尤其在號稱繁華之都的紐約，所謂零浪費零廢棄，真是何等逆勢而為、與當代生活完全背道而馳的事啊！

但，有多大的愛，就有多大的決心、多大的行動力與貫徹意志吧！

於是欣格決定，她的零垃圾行動，首先，從「裸買」一切物品開始。

所謂「裸買」（shop naked），就是不以「方便」為原則，不怕麻煩，購物時絕對自備容器、環保袋盛裝所購物品，且不買任何有包裝的食物和商品。

其次，她捐贈、出售自己不需要的東西，並且自製天然牙膏、肥皂、清潔劑、保養乳液等，甚至，為了不使用無法分解的塑膠牙刷，而研發出環保竹牙刷。

然而最不可思議也最難能可貴的則是，身為一個喜愛流行的年輕女孩，因為欣格認為「衣服上的標籤也是不必要的垃圾」，為徹底實踐理念，竟毅然戒掉了她最愛的服裝品牌H&M和Forever 21。

如此不願傷害地球的溫柔心！

幾年下來，欣格所製造的垃圾，不但裝不滿一小罐玻璃瓶，她也成了不再需要垃圾桶的人。

「只要不製造垃圾，我就很快樂！」

欣格曾如是說。

如今，這極簡風格女孩，除記錄自己的生活和網友分享外，也製作影片推廣「零浪費零廢棄」理念，更打算經營一家專門銷售「零垃圾天然用品」的公司，造福人群、友善地球。

雖有人認為欣格太過天真，她個人的堅持不過是「螳臂擋車」，能產生什麼效果呢？

但我記得達賴喇嘛說過：

「如果你以為自己力量太小，無法帶來任何改變，那麼去和一隻蚊子共眠吧！」

為求一夜安眠、確保翌日元氣飽滿，誰敢小覷蚊子？

何況我們不是蚊子，而是能真正產生蝴蝶效應的人！

欣格不就如此嗎？

據說，這是一個「向下（年輕人）學習」的時代。

從這企圖以行動翻轉地球未來的年輕女孩身上，我真的學到了好多事！

叫我神隊友！

現代人太浪費，要過減法生活！

不久前，參加某社團辦的「芒花盛開・陽明山小縱走」活動。

健行終點是臺北第一高峰七星山，所以對「登七星而小臺北」的壯景，充滿了期待。

初冬北風凜冽，攝氏十度低溫下，當我正沿箭竹林步道向上攀登時，忽然，一個男孩說了聲「對不起！」便從我身邊超前。

我叫住他：

「嘿，你背包拉鍊是開的喲！」

男孩停下腳步說謝謝，從肩上取下背包關拉鍊時，不小心一盒東西掉出來。

我撿起交給男孩，他微露笑意說：

「哦，是補充能量的巧克力！」

隨即竟慷慨的立刻打開盒蓋，遞給我一塊。

我也欣然接過來，剝去包裝紙，放進嘴裡。

於是，以這花生夾心巧克力為美麗的開始，我們兩個忘年交，就這樣併肩偕行聊開了。

男孩說他叫果凍，個性內向慢熱，常被說「乖得像黃金獵犬一樣」，平日和霸氣十足的哥哥在一起，雖總「被吃死死」，但因他牢記爸說「家是一個團隊」，所以，黃金獵犬其實當得還蠻快樂的！

而國一那年有一回，大樂透連續四十期沒開出頭獎時，爸爸心血來潮說想買，他便自告奮勇以「幸運號碼」為爸選了五注，沒想到全數摃龜，被哥罵到臭頭，直說他是「豬隊友」！

但後來上聯課活動，指導老師鼓勵他們發揮「一指神功」——隨時關燈、關水龍頭、拔掉插頭，節約能源，他在家照做、屢屢發揮一指神功後，因為「神功了得」，現在，已覺得自己從「豬隊友」升級成「神隊友」了！

然後果凍告訴我，他很喜歡且佩服這位經常提醒他們「現代人太浪費，要過減法生活！」的老師，又說老師愛喝咖啡：

「但只買肯亞和衣索比亞咖啡喔！」

「哦，為什麼呢？」

我感到好奇。

「因為這些地方——」

果凍解釋：

「用傳統方法種咖啡，不砍森林，不會影響鳥類生存或造成土石流。老師說，她喝這種不用對地球說抱歉的友善咖啡，超開心！」

啊，如果，七十億人類也是一個團隊的話，我感動的想，這老師也是神隊友啊，難怪教出果凍這樣的學生！

✦

冷風一直在耳畔呼嘯，七星山登頂步道全長一．六公里。

那日，我們沿途曾俯看乳白硫磺氣自山谷冉冉飛升，飽覽如海浪般波動的芒花盛景，復遠眺紗帽山、觀音山、基隆河、淡水河，更驚喜的是，還看到一對臺灣藍鵲呢！

雖無緣進入夢幻湖生態保護區，但從觀景平臺瞥見國寶級保育植物臺灣水韭，還是很高興！

從擎天崗搭公車下山後，去士林夜市的果凍，終與我互道再見。

看著這以「一指神功」為樂的男孩遠去，復思及那喝咖啡不忘友善地球、保護鳥類的老師，我滿懷感慨的想：

如此溫暖體貼的「神隊友」，真值得學習啊！

這夏我可開心了！

Do all things with love!

不久前，在「幸福汪汪之家」認識了小魚。

那時，我正陪好友雪梨蒐集博士論文資料，走訪幾個流浪貓狗收容中心。

「幸福汪汪之家」是其中之一。

當雪梨開始進行她的採訪工作時，小魚便帶我在院子裡走走看看。

幾隻四肢不全、拖著步行輔助器的狗狗跑來，親熱圍著人舔個沒完，小魚一邊逗牠們，一邊說她今天帶了暑假作業來陪爸——

「晚上會住這裡喲！」

原來小魚爸在這兒工作，和另一位員工輪班照顧五、六十隻棄犬和癱瘓犬。

「但爸原先不是做這個的……。」

當另一隻老哈士奇在陽光下，也搖著尾巴走來時，小魚這麼告訴我。

「那妳爸？——」

我問。

「本來在大樓洗玻璃窗。」

小魚回答。

然後她望向遠方幽幽的說，那段日子，雖然爸總向她保證安啦！因為他上工前必戴好安全帽，並仔細檢查垂降繩索、扣環、吊帶——

「阮啥米攏不驚！」

這是爸的口頭禪。

但小魚說她真的很不喜歡爸爸天天「被掛那麼高」！因此每年生日許願，她第一個願望必是「爸爸平安」。第二個願望就是「爸爸換工作」。第三個願望才提自己。

「我還把廟裡求來的平安符，送爸當幸運物，規定他每天帶在身上喔！」

但今年三月某日，爸爸如往常一般上工時，沒想到瞬間強風吹斷一條鋼索，洗窗吊籃失去平衡，傾斜在十一樓大廈外——

「當時爸和一位同事就在吊籃裡！還好警消很快趕來打破窗戶，把他們拉進大樓，但爸左腿不幸被玻璃割傷，還蠻嚴重的，請了三個禮拜的假，結果工作就沒了。」

小魚笑說，她其實「很高興爸失業」，因為「bye了舊工作」！剛好這時「幸福汪汪之家」徵新員工，待遇雖較前低，令爸心生猶豫——

「但一定和這裡有緣啦，六月初爸還是接了。」

小魚說，她曾把公民老師告訴她們的一句話：

Do all things with love!

壓在書桌玻璃板下。

「爸現在在這裡就是Do all things with love喔！雖很辛苦，若狗狗情緒不穩，還有攻擊性！但能幫流浪狗和癱瘓犬走出苦難，爸說這工作很有意義，他喜歡！而我呢，哈，許願成功，這夏我可開心了！」

就這麼聊得起勁時，忽然小魚甜喊了聲：

「爸——比！」

便奔向一名從室內走出的男子。

我環顧周遭，啊，每一隻本都將被安樂死的狗狗，呵，如今，在這安全庇護所，正自由打盹、奔跑、曬太陽、撒歡兒，享受屬於牠們的動物權……！

當小魚和她爸微笑著向我走來時，我想起「幸福汪汪之家」之名，心頭湧起一陣感動。

是啊，除了這美麗之名外，世上，真的，還有其他更合適的名稱嗎？

下個狗年，沒有浪浪！

你生來本該被愛！

很高興，那日，在獸醫院裡，與粉圓巧遇。

粉圓是和媽媽一起帶心愛的柴犬胖皮來打六合一疫苗的。

我則因家裡貓咪大吉和野貓爭地盤被抓傷，帶這頑皮貓前來求診。

在候診區因和粉圓座位相鄰，且大吉和胖皮，似頗好奇對方、又似對對方頗有好感的隔著籠子互嗅不停，我和粉圓相視而笑，很自然便攀談起來。

粉圓說她現在國二，家裡養了兩隻狗，胖皮是因「又胖又皮」而得名；至於另一隻米格魯，因來家裡的那天，正好「蘇打綠」樂團舉辦演唱會，由於粉圓媽超迷這樂團，所以就叫他「蘇打」。

不論胖皮還是蘇打，我發現粉圓提到牠們時，眼神放閃，嘴角淺渦若隱若現，笑得很開心，除了說將來想去寵物店打工外，居然連她非常喜歡、還加入後援會的一位人氣女歌手，也以寵毛小孩知名，真是愛狗成癡！

當話題帶到這位女歌手時，粉圓告訴我，年初這歌手在臺北小巨蛋開演唱會，她們後援會成員受偶像精神感召——「把原本要買花籃的錢，拿去買了二十幾包狗飼料，捐給流浪犬收容中心，收容中心後來還貼文感謝喔！」

這已是今年四月的事了。

就在我幾乎快忘記粉圓時，不久前在影劇新聞版，卻看到那女歌手，獲得金曲獎「最佳國語女歌手」和「最佳國語專輯」兩個獎項。

但吸引我的，不是歌手得獎，而是她表示要把兩份獎金全數捐出，拯救流浪動物！

這消息不免令我想起，作家陳克華曾寫過一帖小品，記述他到某收容中心領養狗狗的過程。

在陳克華筆下，那收容中心不但緊鄰焚化爐，「氣場很差」！關在籠子裡的眾犬「排山倒海而來」乞憐求救的眼光，復令他「心亂如麻」；而狗狗們哀號狂吠之「淒厲撕心」，更令他幾乎「心碎死在狗籠前」！……

我不知粉圓是否去過流浪動物收容中心？

一個悲傷絕望、如煉獄般的地方！

恰如那女歌手在臉書上所說：

「很多事令人想來心痛，微弱的生命啊！我期盼你永遠記得，你生來本該被愛！」

但我以為，應永遠記得，生命生來本該被愛的，不是那些受苦的毛小孩，而應是人類，是我們！

今年是狗年，記得某動保團體曾提出如此口號：

「下個狗年，沒有浪浪！」

這真是何等高難度，但也何等充滿人道情懷的願景！

下個狗年，就在十二年後，願景已開始倒數計時！

想起那些在街頭暗巷、收容中心受苦的浪浪！若粉圓此刻就在我身邊，相信她也必將和我一樣，如此年終祈祝吧——
願每一隻待認養的浪浪，都幸運找到愛它的主人！
願流浪動物收容中心，有一天從這世界消失！
下個狗年，沒有浪浪！

欠揍的小屁孩VS.地球公民

理性進食、珍惜食物、尊重食物！

清明連假第一天早晨。

在街角巧遇釋迦時，我們互看了一下彼此手上所拎的東西，很有默契的笑了起來。

我拿的是一包花蓮麻糬。

釋迦所提紙袋則有油漬沁出。

「是炸春捲。」

他說：

「我媽昨晚做多了，所以叫我把這些拿去食物銀行。」我則告訴釋迦，朋友送了我兩包花蓮名產，雖然我很愛吃麻糬，但因正力行減糖飲食，所以也決定把其中一包送去食物銀行。

「哇，你們這麼支持，我爸一定很高興！」釋迦開心說。

「我們才要感謝你爸哩！」

我由衷以告，因為食物銀行正是釋迦爸設立的。

去年底，釋迦爸當選里長後，在里民活動中心旁擺了一個中古冰箱，寫上「食物銀行」幾個大字，鼓勵社區居民，把多餘食物放置在這公共空間，讓弱勢族群共享資源，如此溫暖的作為，常想，哎，真是佛心來著呵！

仲春陽光明媚宜人，在去食物銀行路上，我問釋迦連假期間有什麼計畫？

釋迦說，除每天傍晚會去附近國小打籃球外，其餘時間要準備會考；不過後天表姊生日，約他們這些過去被她稱為「欠揍小屁孩」的表兄弟，在buffet餐廳慶生，但因爸不建議他去，所以還在考慮中。

「為何你爸不建議你去呢？」

我問。

釋迦便說因buffet餐廳都「任你吃到飽」，食物取用無上限，他爸認為這種豪吃方式誘發人性貪婪，造成飲食失控，不健康又浪費，所以他爸有一句名言是：

「buffet（把費），就是把食物浪費！」

我笑問釋迦：

「那你去不去呢？」

「當然想去啊！」

釋迦回答：

「只是後來我爸又說——全球飢餓人口超過八億，這世界每九人當中，就有一個晚上是餓肚子上床！我們很幸運，不是這九人當中的一個，要珍惜！不過這並沒打動我啦！」

釋迦繼續說：

「倒是後來我爸提到，全球每年有十三億噸食物被浪費掉，這就讓我有點震撼了！但我爸強調去不去在我，他只希望我是理性進食、珍惜食物、尊重食物的地球公民，不要浪費！」

如此感性、知性兼具的言語！

釋迦爸的觀點，讓以地球公民自許的我，也獲益良多啊！

終於，來到食物銀行前了。
打開冰箱時，我們發現，已有人放了幾個饅頭和一小罐醃黃瓜。
當釋迦把春捲也擺進去後，忽想起什麼似的停住片刻，然後回過身來告訴我，他已決定要不要去赴表姊的約了：
「欠揍小屁孩，決定要升級成我爸說的地球公民了喔！」
看那耍寶的表情！
我先是愣住，繼則忍不住笑著對他說：
「那就恭喜嘍，加油！」
「Yay——」
於是，在那愛心冰箱前，兩個忘情、忘年的地球公民，便心情超嗨的，歡呼擊掌起來了。

外婆的幸福料理

我們的行動就是我們的未來！

「Oh,my God！這下可真GG了！……」

星期天，一大早，還睡得正香，就聽見栗栗在廚房叫起來。

打開臥室門，只見她正把一盤煎焦的薄餅、兩杯豆漿放上餐桌。

回身看到我，喊了聲姑姑早安後，便立刻道歉：

「昨晚住姑姑這，想說今天就做早餐回報一下，沒想到，」

她尷尬解釋：

「我是想復刻外婆蔥抓餅的味道啦！明明有照她黃金比例做卻——，不好意思，變成這樣！」

我笑說沒關係，簡單梳洗完畢，在餐桌前坐下，把焦黑餅皮去掉，輕咬一口後稱讚：

「不賴呀，無敵美味！」

栗栗受寵若驚笑起來，露出牙齒矯正器：

「真的？我外婆做的才無敵美味哩！」

然後，這小妮子便開始細數她外婆的拿手料理—香菇素獅子頭、芋泥銅鑼燒、蜜漬紫蘇嫩薑、韭菜腐皮捲、青醬乳酪辮子麵包等。

「每次吃都覺得好幸福喔！但外婆告訴我，」

栗栗喝了口豆漿說：

「真正的幸福料理，不在食材是否特殊、昂貴？也不在是否色香味俱全，讓人垂涎三尺？而在你做料理時是否充滿愉快的熱情，還有，品嚐食物時是否懷一顆感恩心！」

接著栗栗又笑說，她常覺得自己有個老靈魂，但外婆卻有顆青春心！思想活潑、前衛、溫暖，所以小時候，外婆教她的第一個字便是——愛。

第二、三個字便是——感恩。

前陣子還專程到大陸，去參加聯合國「世界糧食日」的「光碟行動」。

「不是存檔案那個光碟喔！是把碟子裡的東西吃光，不浪費食物的意思。」

栗栗特別解釋。

然後栗栗說，外婆曾告訴她，全世界每五秒就有一個兒童死於飢餓！臺灣每年也浪費兩百七十五萬噸食物！如果拿去救飢民，外婆說可以吃二十年！所以光碟行動就是——」

栗栗引述外婆的話：

「不貪心浪費，不多做也不多拿餐點，並且把碗碟裡食物都吃光光，拒絕『剩』宴！」

栗栗說，由於那回外婆參加的光碟行動主題是：

二〇三〇．**全球零飢餓！**

所以回來後特別告訴她：

「只要心存感恩，不浪費食物，健康進食，每一頓飯都是幸福料理，也都為『全球零飢餓』目標做出了貢獻！」

只是，距二〇三〇只剩幾年，這全球零飢餓之夢，我有些懷疑，能實現嗎？

忽然栗栗又說了：

「外婆還講，our actions are our future（我們的行動就是我們的未來），所以一定要加油……！」

啊，如果這麼多識與不識之人，包括眼前這國三女孩，都正秉持信念，為一個更好的未來努力！

那麼怎麼能，不也加入這陽光行列呢？

所以，那開始倒數計時的「全球零飢餓」人道主義理想啊！

終於，當幸福早餐結束，和栗栗收拾桌上「光碟」時，我堅定愉悅的對她說：

「謝謝妳這麼棒的分享！關於零飢餓，姑姑會和妳、妳外婆一起加油的！

一定！」

外公好 young！

讓自己成為這世上一個有價值的存在！

陽臺杜鵑開出早春第一朵花的那個週末，我應羅勒之邀，到他外公開的「笑笑羊手作果茶坊」，參加×中閱讀社春日聯誼。

羅勒是閱讀社社長，我有幸擔任這可愛社團的校外指導老師。由於這學期社員不到二十位，創歷史新低，為鼓舞士氣，於是羅勒請大家到「笑笑羊」小聚，並品嚐店內神級招牌飲料：

笑笑羊青春果粒茶

當那滿滿一大玻璃杯以蜂蜜、芒果、奇異果、紅白火龍果粒調製成的色彩繽紛之茶，送到眼前時，每個人都歡呼起來。

我啜飲了一口——

嗯，清香的果粒，豐富的層次口感，真是幸福好茶啊！

於是我對羅勒說：

「你外公真是果茶達人吔！只是這『笑笑羊』店名當初是怎麼取的？」

羅勒笑說，因為溫暖樂觀的外公屬羊，每天起床第一件事就是對世界、對自己微笑！再加上卡通動畫裡的笑笑羊，碰到問題總積極想辦法解決：

「外公說和他個性很像，他自己也是笑笑羊嘛，就問我和妹意見，我們覺得ＯＫ啊！於是就取了這好玩的店名了。」

羅勒說，他和妹妹一直和外公很親，兩人小時候最愛和外公啾咪！直到現在妹妹國二了，還常對外公賣萌甜笑討抱抱！

然後羅勒告訴我，外公是一個「希望身邊每個人都幸福」的超級暖男，他認為每一天都是一年中最好的日子，不愉快的事就應該讓它永遠留在過去！

而兩年前從公職退休，尋找人生新定位時，對手作果茶有興趣的外公，就決定要開一家不提供紙杯、塑膠杯的飲料店。

羅勒說：

「雖然成本比較高——」

「但外公有做功課喔！外公說臺灣每年超商、飲料店，內用外帶的紙杯塑膠杯約十五億個，可堆成四萬多座101大樓！這還不包括杯蓋、膠膜、吸管、吸管套呢！外公說他不要再增加這些廢棄物，造成環境負擔，因為他是最溫暖的笑笑羊嘛！」

說得大家都笑起來。

然後羅勒補充，外公平日還最愛引希臘數學家阿基米德名言：

「給我一個支點，我就能舉起地球！」

告訴他和妹妹，若能找到充滿正向能量的美好信念做支點，每個人也都能舉起生命的全部重量。

至於外公所找到的美好信念嘛！

羅勒說：

「就是——造福別人，讓自己成為這世上一個有價值的存在！」

「哇，你外公真是好樣的！」

終於我忍不住這麼說了。

「沒錯，好樣！而且好young！」

羅勒不假思索附和。

可惜！那日羅勒外公赴小農市集，採買無農藥有機水果，我無緣得見本尊。

那麼，何時再來果茶坊，拜訪這散發陽光氣質的笑笑羊呢？

把那元氣滿滿的青春之茶喝完時，想起陽臺今晨初綻的第一朵杜鵑，於是我思忖，應就在——

那叢杜鵑全都開花的時候吧！

和豆豆一起去種樹！

守護我們島嶼美麗的海岸線！

傍晚，到超市買十穀米。

經過餐飲區時，有人叫住我，停步一看，原來是鄰居和他女兒豆豆。

鄰居是留美博士，在大學任教；至於豆豆呢，現讀國一，但她喜歡說自己是七年級生，因為七是她的幸運數字。

看豆豆父女倆一個吃雪糕、一個舔著脆皮甜筒冰淇淋，津津有味，好不開心！我也點了芒果雪酪坐下來。

豆豆立刻秀出左臂上一枚青蛙貼紙告訴我，她才和爸爸參加「拯救瀕危青蛙日」活動回來，青蛙之外，還有彈塗魚和水鳥圖案的貼紙呢！

拯—救—瀕—危—青—蛙—日？

我楞了一下。

這可是從未聽聞之事啊！

於是我問豆豆，她在哪兒參加的？活動性質是什麼？

「在關渡自然公園——」

豆豆露出幸福甜笑說：

「爸帶我去的，因為每年四月最後一個星期六，就是拯救瀕危青蛙日啊！」

見我不解，鄰居便解釋說，這活動是美國生物學家凱瑞博士（Dr.Kerry Kriger）二〇〇九年發起的，看起來好像只保護青蛙，但卻是尊重自然的一個起點，因為只要關心生物滅絕——不管這將滅絕的是青蛙、蜘蛛還是什麼——都對維護地球健康生態系統有幫助！

開始有點概念後，我問豆豆，那今天活動都做了些什麼呢？

只見豆豆把最後一點甜筒塞進嘴裡，先從背包拿出一個逗趣的青蛙造型手工皂，說是志工姊姊帶大家做的；又說志工姊姊還帶他們穿上防水「青蛙裝」走進濕地，踩著軟泥，先了解垃圾污染情況，再動手把垃圾撿拾乾淨！

然後，她還玩了「百變蛙蛙蛙」創意積木，又看了宣導不污染河川、不使用一次性餐具的3D影片；至於貼紙嘛，則是最後抽獎得到的。

「真是好棒的一天啊！」

我說，沒想到豆豆卻嘟嘴抱怨起來：

「爸上回去臺南種樹更棒，都沒帶我去！」

只見鄰居笑著搖頭，又再繼續解釋說，是不久前他沒帶豆豆，一個人去參加「海岸植樹護臺南」這事。

「因為風沙和鹽霧侵蝕，臺灣海岸線正快速退縮……」

鄰居以他的專業告訴我：

「像七股海岸，五十年內就退了近一千公尺，高雄旗津海岸十年內也退了五十公尺……真的很需要一點積極作為！」

於是那天在臺南海濱，他們種了黃槿、蒲葵、海檬果和水茄冬——也就是俗稱的「穗花棋盤腳」——等近萬棵防風、耐旱、抗鹽霧樹種，不但綠化海濱、促進海岸生態，當樹根深入地下，還可以保護海岸線不再流失。

當鄰居答應明年會帶豆豆去種樹時，她立刻燦笑說：

「那我一定要種那什麼腳的樹！」

我想起美國勵志作家傑克森・布朗在《511個幸福守則》一書中，曾把「生日種樹」列為幸福守則之一。

如是想來，在歲月中，哎，我少種了多少樹啊！

為了守護我們島嶼美麗的海岸線，為了在幸福之路上趕落後的進度，我決定明年也——

和豆豆一起去種樹！

點一枝心香，有拜有保庇！

臺灣一年燒掉十萬公噸金紙，等於砍掉兩百萬棵大樹。

農曆除夕南返，與親族共聚。

吃年夜飯時，坐在我身旁的，是一個遠房侄孫女紫菱。

紫菱也是從臺北返鄉過年的，但主要是——

「回來看阿嬤啦！」

她說。

由於紫菱當年出生是一個驚喜的意外，還在讀博士班的爸媽，無暇照顧小貝比，便把她送回老家由阿嬤撫養，直至五歲止，所以紫菱一直和阿嬤很親。

紫菱說，阿嬤有一個好聽的客家名字——蝶妹。

童年時，若阿嬤帶她逛廟仔埕，常會向廟口阿婆買水煮花生給她吃。

但紫菱說，她最愛卻是阿嬤做的艾草粿、米粉湯、炒水蓮，和「灑一點香菜、蒜蓉，再淋上醬油膏的菜粽」，與鍋燒意麵——

「阿嬤會特別在煮好的麵上放一個半熟蛋，每次戳破蛋黃，看蛋汁流出來，哇，超滿足！」

當紫菱如此對我述說時，眼前一桌豐盛的年菜——滷牛肚、炒肥腸、白斬雞、油爆鮮蝦，還有，那以厚切冬瓜、半顆高麗菜、大塊五花肉細燜慢燉的客家經典料理「封肉」

——好像都不那麼令她感興趣了。

紫菱並且告訴我，阿嬤是篤信神佛的人，舉凡媽祖、觀世音、玄天上帝、五府千歲、城隍爺、土地公都虔心禮敬。

「因為阿嬤認為『有拜有保庇』嘛！所以每年中元普渡，」

紫菱笑起來：

「阿嬤客廳的木桌上，都會擺滿水果、罐頭、泡麵、素三牲，還嚴守拜好兄弟不能用香蕉、鳳梨、釋迦的禁忌。然後點香拜拜燒金紙時，阿嬤就說這是做功德、祭祀眾生、保平安！」

紫菱說，她喜歡「祭祀眾生」的慈悲心，但不久前「公民視野」課老師說，臺灣一年燒掉十萬公噸金紙，等於砍掉兩百萬棵大樹，所排二氧化碳更相當六百五十萬輛汽車跑一千公里的二氧化碳排放量，且市售金紙又含致癌物苯，有害健康！

所以這次回來過年，她要勸阿嬤以後不要再燒香和金紙了。

「像臺北行天宮、艋舺龍山寺都已經封爐不燒香和金紙，所以我會告訴阿嬤，節能減碳是神明都同意的喔！」

然後紫菱說：

「老師還告訴我們，現在『香火鼎盛』已經過時了，最好的做法，是在心裡點一枝不污染、不熄滅的心香！並且把買金紙的錢捐公益慈善團體，這才叫做功德！阿嬤心最好了，如果聽我醬子說，她以後就一定不會再燒香和金紙了！」

紫菱肯定的表示。

「嗯，一定的！」

附和紫菱的同時，我看了一眼坐在長輩桌的蝶姑。

想像她日後合十敬拜，為家人、眾生祈福的模樣。

那滿頭銀髮的慈煦形象，雖不再拿香，但虔誠不減。

令人感動的慈悲與愛，也依然！依然滿滿充盈在——

她溫暖寬柔的心裡！

我愛李奧納多！

改變飲食，改變世界，save our future！

「劉德華。

張學友。

奧斯卡影帝李奧納多．狄卡皮歐。

是我的偶像！」

不久前，在某環保團體舉辦的國中青少年演講比賽中，

紅豆以這出人意表的開場白，語驚四座：

「因為他們沒巨星架子，而且都吃素，是我心中三大素

食男神！」

身為紅豆乾媽，那時，我正和紅豆媽媽坐在臺下，對紅豆如此直球進壘的陳述方式，覺得頗為有趣。

接著紅豆說，她不是盲目的追星族，所以視這三人為偶像，是因為——

「素食是一種低碳飲食，科學家告訴我們，」

紅豆侃侃而言：

「生產肉類排放的二氧化碳，是地球暖化最大元凶，這三位男神選擇降低暖化、對環境有益的素食，怎不令人欣賞？而且——」

紅豆穩健的繼續說：

「大規模飼養牛、羊、豬、雞……要大量用水，非常浪費水資源，且全球數百億隻食用性動物所產生的糞便，遠超出大自然吸收能力，也形成嚴重污染，結果到頭來，人和地球都成了輸家！不知各位是否知道？」

說到這，紅豆稍微提高了音調：

「全球最大熱帶雨林，也就是『地球之肺』亞馬遜森林，因開闢畜牧場養牛，正以每分鐘一個足球場大小的速度消失中！」

「哇噢！」

臺下有人發出驚詫聲。

「更因為這種濫伐森林的做法——」

紅豆眼神輕掃過全場：

「使原本潮濕的亞馬遜雨林變得乾燥易燃，導致今年已發生七萬多次森林火災了！為拯救雨林，李奧納多除捐款五百萬美元外，還呼籲大家要減少牛肉消費，拯救地球！所以三位男神中，我最欣賞的便是——」

紅豆鄭重的說：

「李奧納多！」

臺下傳出一片笑聲，還有人鼓掌呢！

最後紅豆提出結論：

「雖然我不吃素，但願意為地球減少肉食，如果將來能成為素食者也很好，因為這世界如果每個人都吃素，二氧化碳排放會減少百分之七十喲！」

說完，更舉起事先準備好的手板——

改變飲食，改變世界，save our future！

——向所有聽眾熱血喊話：

「讓我們一起為地球努力加油吧！」

隨即在掌聲中微笑下臺。

比賽結果揭曉時，紅豆獲得第二名，第一名是位國三男孩。

巧的是他也談暖化，但強調：

暖化使海洋珊瑚白化，永凍圈縮小，格陵蘭曾一日之內融冰數十億噸、南北極大陸正流失中，海平面節節上升，減碳刻不容緩！

也是很棒、很令人激賞的青少年演講。

當頒獎典禮結束，走在回家路上，開心閒聊時，紅豆忽問我喜不喜歡李奧納多？

我想起這位因電影《鐵達尼號》成名的人氣男星，如今為拯救環境生態已捐款逾三十億臺幣的環保達人，深深歎服，於是如此回答：

「和妳一樣呀，若說我愛李奧納多，倒不全因為他帥、演技好，而實在是因為他——
愛地球的緣故啊！」

讓世界因為我，而更可愛！

用嘴巴愛地球！

結束了十二天歐洲之旅後，八月底，可可從巴黎回來了。

她送我一盒苦甜巧克力。

我回贈可可一個有幸運草、瓢蟲圖案的彩色膠帶，並問她玩得如何？

可可眉開眼笑說，升國二前暑假，能和爸媽有這趟迷你自助行，覺得很開心！

可可爸爸是美商銀行高階主管，與我為多年好友。

由於看著可可從小長大，她心思單純，容易感動，所以我完全可以理解她初次遊歐的歡悅。

然後，當可可興沖沖秀出她此行所拍「代表作」，請我欣賞時，我指著一張漢堡照片問她，為什麼要拍這稀鬆平常之物？

「一點也不平常喔！」

可可說：

「這是德國的昆蟲漢堡吔！」

「嗄？昆蟲漢堡？」

對於我的驚訝，可可絲毫不意外，且說和我一樣，她當時也曾嚇一大跳，但因這是德國人很喜歡的漢堡，所以便放棄原先想吃的雞腿堡，改點了它。

而經由爸爸將餐廳牆上張貼的「昆蟲漢堡介紹」，翻譯成中文後，可可說，她才知道，原來昆蟲的蛋白質和魚、肉一樣豐富，但養殖昆蟲消耗的水、排放的溫室氣體、佔用的土地資源，都比飼養牛、豬、羊少很多，是一種環保取向的飲食趨勢，所以，現在歐洲超市已開始販售食用昆蟲了。

終於，當昆蟲漢堡捧在手上時，可可說她其實還是有點怕怕的！

但這佐以生菜、洋蔥、酸黃瓜的蟲蟲漢堡，實在和一般漢堡外觀無異，夾在中間的昆蟲肉排，更是怎麼也沒想到，竟如此彈牙、美味！

「所以——」

可可頑皮眨眨眼：

「當然要拍照留念啦！」

然後可可說，這餐廳是爸爸特別帶她去長見識的，希望她能「用嘴巴愛地球」。

「用嘴巴愛地球？」

「是啊！」

可可點點頭說，回臺北途中，在飛機上，爸爸還告訴她，因為人類對肉需求量太大，每年要吃掉幾十億隻動物，為了開闢牧場、種植飼料而大量砍伐森林的結果，除導致生物多樣性消失外，還產生很多溫室氣體，造成氣候變遷。

因為素食和食用昆蟲都是低碳飲食，能降低環境衝擊，減少碳排放，所以——

「爸希望以後我也能少吃肉，還說改變從我開始，讓世界因為我而更可愛！」

我想起可可爸媽都是「週一無肉日」的力行者。

更想起知名的黑猩猩保護者珍古德曾說：

「我們活著的每一天都在影響世界，我們可以選擇要為這世界帶來什麼影響！」

那麼——

「妳覺得呢？」

我問可可。

「當然要讓自己和世界更可愛呀！」

她不假思索的說。

我拈起一塊巧克力放入口中。

因為這無比善良的回答，呵，一股前所未有的甜意，不知不覺，竟也無比舒暢愉悅的，從舌尖，緩緩，漫溢開來！

當公主與王子甜蜜攜手

人類每年獵殺鯊魚上億。

週末下午，茯苓為我送來她姊姊的婚宴喜帖。

茯苓住六樓，我住二樓，她代父母親自登門送件，真是名副其實的快遞啊！

由於家有喜事，茯苓看來很開心。

泡了杯薄荷茶給她後，我打開那再生紙喜帖，正欣賞內頁充滿手工感的花草插畫時，茯苓湊過來笑嘻嘻說：

「不錯吧！是我姊夫設計的！」

然後她告訴我，姊夫是個很特別的人，連和姊姊認識過程都超特別！

「哦？」

我感到有趣。

於是茯苓便說，三年前姊夫在美國自助旅行，去了羚羊峽谷、大峽谷國家公園後，直奔加拿大黃刀鎮追極光，在零下33℃結冰湖面上，看見一位睫毛沾滿冰屑，正凝視滿天星斗、閃閃極光的東方背包客——

「那就是姊姊！」

「真的？」

我感到不可思議。

如此奇妙可喜的有緣千里來相會！

如此有趣美麗的「王子遇見公主」現代版啊！

的確太特別了！

正想讚歎一番，不想茯苓又語峰一轉：

「就連這次籌備婚禮，姊夫碰到的波折也很特別呢！」

「哦，怎麼說？」

我感興趣的追問。

於是茯苓解釋，為了讓喜筵顯得豪華隆重，她爸媽特別在婚宴菜單上列了「魚翅佛跳牆」，但姊夫反對！

因為姊夫說，魚翅就是鯊魚的鰭，為供應魚翅市場，臺灣每年都捕殺好幾百萬隻鯊魚——

「是世界四大捕鯊國吔！」

茯苓補充。

此外，更由於鯊魚肉不值錢，為節省船上空間，以便帶回更多魚翅，因此捕鯊者都殘忍的割下只佔鯊魚全身百分之二的魚鰭，然後將其餘百分之九十八的魚身，像垃圾一樣丟回海裡，任魚痛苦而死！

「姊夫說他不願自己的婚禮成為幫凶！並且他還告訴爸媽——」

喝了口薄荷茶，豎起大拇指笑稱「好喝」後，茯苓繼續說：

「其實魚翅沒什麼味道，完全是靠其他食材提味，才形成所謂的『鮮美』；而且營養成分又超低，還不及一顆雞蛋哩！但卻含大量重金屬、水銀，魚翅裡的神經毒素更會誘發阿茲海默症喔！若硬要說它有什麼營養的話，那就只有膠原蛋白了。但姊夫說膠原蛋白別的食物也有啊，像山藥、馬鈴薯、秋葵、蘆薈、白木耳……膠原蛋白都很多，不一定要吃魚翅，且還更便宜咧！」

「那妳姊姊的態度呢？」

忽然，我想起了婚禮另一位主角，於是問茯苓。

茯苓便笑說，她姊姊因受電影《大白鯊》影響，覺得鯊魚形象很負面，所以原先並沒支持姊夫。

但因姊夫一直耐心告訴姊姊，鯊魚不會主動攻擊人，是視力不佳，才曾出現把衝浪板上泳客誤認為海豹的不幸事件——

「畢竟，全球每年大概只有十二人死於鯊魚攻擊，但人類每年獵殺鯊魚卻上億，海洋生態金字塔頂端的鯊魚正急劇減少，海洋生態也正受到嚴重威脅……！」

由於這番話打動了姊姊，於是兩位年輕人便攜手合作，一起勸爸媽。

「結果，還真說動他們從婚宴菜單刪除魚翅了喔！」

茯苓笑著比出一個V字。

啊，這基於人道主義、連結婚都不忘維護海洋生態的新人啊！

當茯苓喝完茶離去，我告訴她會帶著祝福參加婚宴時，心裡忍不住想：

當公主與王子甜蜜攜手，除維護海洋生態外，同心協力的他們，一定也會寫下——

幸福的人生故事的！

人類對不起你！

臺灣每年用掉近兩百億個塑膠袋，
可繞赤道一百四十圈！

週末早上，收到松露傳來簡訊：

「7／3！

——妳知道的，我很重視的一個日子！

一大早，我會先去那家ＩＧ爆紅的人氣早餐店買蛋餅，
然後和爸媽去海邊。

希望海廢少少，驚喜多多！

祝您假日愉快！☺」

我回覆：

「那就祝你心想事成，驚喜連連喲！👌」

按下傳送鍵時，我腦海浮了起這暖心男孩的身影。

✦

和松露是在××文學獎認識的。

當時我是評審，他是以小品〈鬼頭刀的哀愁〉獲獎的作者。

這篇文章標題很吸睛！

作品內容則根據新聞報導，從宜蘭漁民捕獲的鬼頭刀魚入筆，寫到不久前擱淺高雄港死亡的小虎鯨、陳屍嘉義八掌溪海口重二十三噸的巨型抹香鯨，和在英國蘇格蘭、義大利薩丁尼亞海灘慘死的懷孕母鯨——

「牠們的死因，都是肚裡塞滿了塑膠袋！以前我一直覺得塑膠袋很方便，」

松露在文章中說：

「但沒想到竟是如此可怕的海洋殺手！」

在剖析、省思塑膠袋的種種利弊得失後，文末，松露沉痛的向來不及出生的鯨魚寶寶致歉：

「人類對不起你！」

這篇小品以深刻的海洋關懷、圓熟的創作技巧，和洗練到位的文字，獲得我們三位決審無異議通過為首獎之作！

而當我們知道作者只是位高一學生時，大家都很驚訝。

頒獎典禮結束後，因討論寫作，松露和我曾聯繫過好幾次，我才逐漸知道，原來，松露爸自幼在雲林濱海漁村長大，因此對大海充滿了感情！

由於他爸爸發現，臺灣海邊最常見的廢棄物是塑膠袋，污染嚴重，所以一家人假日常參加「揪團淨灘」活動：

「不只臺灣，我還去過澎湖、小琉球淨灘喔！」

松露說。

而多次行動中，松露表示，他最難忘的一次，是去年中度颱風玲玲過境後，他和爸媽隨某環保團體去蘭嶼淨灘，因颱風「奉送」了好多海洋垃圾，他們收拾的幾十大袋海灘廢棄物，竟超過一千四百公斤！

巨量海廢讓松露深受衝擊，回來後查資料——

「嘩！」

松露說：

「真的太over了！人類每年用五兆個塑膠袋吔！臺灣每年也用掉近兩百億個，可以繞赤道一百四十圈！但如果臺灣每人每天少用一個塑膠袋——」

我感受到松露的喜悅：

「一年就可減少三百座世大運游泳池的塑膠垃圾喔！」

於是每年七月三日，國際無塑膠袋日，對松露而言，便別具特殊意義了！

因為這一天，松露說，他都會更努力提醒自己：

「除了『減塑膠袋ing』外，更要向『無塑膠袋ing』目標邁進！」

哎，這樣一個曾向胎死腹中幼鯨說「人類對不起你」，因而懷救贖之心，志在減少海廢的男孩啊！

我怎能不常想起他呢？

放下手機，再次在心底祝松露有個驚喜七月三日的同時，我也提醒自己，即使不易、麻煩，也該想辦法，努力朝「無，或至少極少量使用塑膠袋ing」目標邁進了！

不只七月三日，天天都該是──

無，或至少「不再增加塑膠袋日」啊！

地球這個房子著火了！

很多事只關心是不夠的。
必須在生活上做出改變，拿出具體行動！

「寒假結束，開學嘍！」

元宵節後在捷運上巧遇春蘋時，她這麼說。

春蘋，是我去年參加「數位攝影入門班」認識的一位國中國文老師，課程結束後我們還一直保持聯繫。

春蘋說，她一開學就忙著看學生的作文「寒假生活記趣」。

「既然是記趣，一定很有趣吧？」

我問。

但春蘋歎氣說，大部分文章都內容稀薄，「文字含沙量很高」，錯字也不少，基本功實在要加強，不過——

忽然她音調上揚：

「少數寫得還不錯啦，其中有篇特精采！連我看了都受益良多呢！」

「真的？這麼好？那e過來讓我也欣賞一下吧！」

於是當晚，我便收到這讓春蘋讚歎不已的作文了，有趣的是，這學生綽號竟然是——馬卡龍。

馬卡龍這篇作文從去年冬天不冷，媽媽抱怨心愛的大衣、刷毛防風手套都沒機會亮相寫起，接著說到家裡所買羽絨被，這幾年因暖冬一直派不上用場——

「媽媽說與其擺著不用，不如送給有需要的人！」

於是過年全家去臺東玩，就順便捐給卑南鄉的老人安養中心了。

馬卡龍說他爸爸在氣象局工作，他曾問爸爸臺灣還會不會更熱？

爸爸的專業回答是：

「只要暖化現象持續，臺灣就會愈來愈熱，很可能到這世紀中期，臺北不再有冬天，一年會有九個月夏天！」

馬卡龍說他不喜歡這樣的未來！

後來在網上咕狗資料，發現有一位叫格蕾塔．桑柏格的十六歲瑞典少女說：

「地球這個房子著火了！沒時間等我們長大再做改變；解決全球暖化、氣候變遷問題，要立刻開始行動！」

於是雖然喜歡上課，但桑柏格每週五都不去學校，而是到瑞典國會大廈前高舉「為氣候變遷罷課」、「週五救未來」（Fridays for future）看板，為脆弱的地球發聲，希望世人正視這議題，並且還成為一名素食者、勸家人不要搭飛機。

「去年她到瑞士參加世界經濟論壇，就真沒搭飛機，花了三十二小時坐火車去喔！」

馬卡龍說，桑柏格這種減碳、抗暖化行為，難度很高，一般人不太可能跟進，但她以身作則的精神令他感動。

如今「為氣候變遷罷課」行動已遍及全球，參與者多是國、高中生，臺灣目前雖尚未參與這全球串聯，但他在精神上是支持桑柏格的。

「桑柏格說『你永遠不會因年紀小而不能做出改變』，

這話真的有影響到我吔！」

馬卡龍在作品裡這樣寫道：

「我覺得很多事只關心是不夠的，必須在生活上做出改變，拿出具體行動，所以我現在不太吃肉，也勸爸不要開車，改騎車上班，既運動又節能減碳，多好！」

文章最後，馬卡龍這樣結尾：

「總之，我和桑柏格這位環保鬥士，是同一國的！」

嗯，好一個「同一國」啊！

讀完馬卡龍作文，和春蘋一樣，我覺得自己也受益良多。

因為若地球這房子著火，所有人都屬於「同一國」啊！

看來，是真該在生活上做出改變的時候了！

我的青春沒在怕！

我的青春沒在怕！我的未來沒在怕！

在圖書館遇見碧芹好幾次了。

穿白襯衫、格子裙制服的形象，青春可愛。

那日，當她從書間偶然抬起頭來時，我對她笑了一下。

她也友善報以微笑。

於是我走過去，和她交談起來。

碧芹是因所就讀的×中，選她參加教育部主辦的「提升高中生國際視野」論文競賽，來找資料的。

她打算寫「海洋吸塵器」發明人波揚（Boyan Slat）的故事。

「海洋吸塵器？」

我有點沒聽懂。

「對啊！」

接著碧芹說，波揚是荷蘭青年，十六歲至希臘潛水時，因海底充斥塑膠垃圾，同伴抱怨不已，他卻心生改善念頭。

後來當波揚讀了許多相關書籍，又寫信到幾個大學向教授請益後，他開始理解到：

每年有八百五十萬噸塑膠垃圾流入海洋。

海洋，已成地球最大垃圾場，

預估二〇五〇年，海洋塑膠垃圾將比魚還多！

因為不希望這可怕的現象發生，於是十七歲那年，在學校期末報告裡，波揚提出了海洋吸塵器構想，希望以行動拯救海洋。

然後，十九歲那年，這位強調凡事要「Think big」的青春族，又成立了廣獲企業家、科學家支持的「海洋潔淨基金會」。

二十歲那年，波揚更帶領了數十位認同他「海洋吸塵器」理念的專家、工程師，開始著手研製海洋吸塵器，並成為聯合國最年輕的環保大使。

「因為靠太陽能發電——」

碧芹說：

「所以海洋吸塵器很環保，攔截垃圾時也不會傷害海洋生物喔！」

「但是為什麼——」

我好奇問碧芹：

「妳為什麼要選擇波揚寫參賽論文呢？」

碧芹回答說，因為她住淡水！

「淡水？」

我大感不解：

「這和波揚有什麼關係呢？」

於是碧芹便說，因為波揚的基金會曾就全球四萬多條河流進行調查，發現淡水河每年流入海洋塑膠約一．四萬公噸，污染排名全球十六！

由於不喜歡自己所住的地方，污染排名這麼「名列前茅」！另方面，碧芹說，二〇五〇年她才四十幾歲，真的好怕到時海中塑膠比魚還多，所以一直很注意波揚其人其事——

「像那回他來臺灣訪問，戴著用海廢塑膠再製的太陽眼鏡，真的好潮，也讓我好感動喔！」

然後碧芹告訴我，海洋吸塵器已兩度展開大規模海洋清潔活動，並在被稱為「塑膠濃湯」的太平洋垃圾帶，成功攔截了各式各樣塑膠垃圾——

「據說若用傳統方式，這些垃圾要七萬年才能清除，但海洋吸塵器十年就可清一半！所以——」

她笑起來：

「二〇五〇年或許還好啦！」

那日，愉快的交談中，碧芹最後告訴我的是，波揚啟示了她——

不管情況多壞，都應想辦法把事情導向正面，創造一個有意義的明天！

「因為這樣想，所以，」

碧芹自信的說：

「我的青春沒在怕！」

「妳還可以再加一句喔！」

我提醒她：

「我的未來沒在怕！」

碧芹認同的點點頭。

樹影參差的窗前，終於，我們再次開心的——

相視微笑起來。

輯 2

對世界的祝福成真！

貓咪咖啡屋事件

告別舊我，展現新我。

貓咪咖啡屋，是國三男孩小麥家附近，新開的一家迷你花園咖啡店。

當「誠徵工讀生」告示貼出時，小麥告訴我，他哥哥沙茶立刻興沖沖去應徵了。

一方面因為哥哥喜歡貓，貓咪咖啡屋店裡便養了四隻貓。

另方面則因哥哥體重破百，「大多數時間都覺得很糟糕！」為重拾自尊和自信，他決定從應徵工讀生這事開始。

但貓咪咖啡屋卻以超重為由，拒絕了他！
為此，哥哥感到深受傷害，憤憤不平的說：
「太過分了！他們對胖子有歧視！」

✦

小麥與我，是隔著一條巷子的鄰居。
那日，當他對我說起這「貓咪咖啡屋事件」時，我想起了兩件事。
一是全球知名的米其林輪胎公司，對員工也有嚴格的體重限制。
另一則是不久前，媒體報導，紐西蘭移民局決定將一位逾百公斤的南非廚師驅逐出境，理由是他體重不符「可接受的健康標準」；而為減少醫療費用、社會成本和衛生機構壓力，紐西蘭當局也決定不再受理其他超重者的移民申請。

我把這兩件事告訴小麥，請他提供哥哥參考。

並且對小麥分析說，這樣的明文規定，甚至立法，非關歧視，而是超重者往往潛藏健康隱憂，同時因體能、行動欠靈活，也易造成工作效率、生產力低落等問題。

「你想想看好了——」

我問小麥：

「如果人類社會有一半以上人口超重，文明還能發展嗎？」

小麥先是楞了一下，繼則笑了。

我和小麥哥哥不熟，沒和他說過話。

不過那天和小麥分手後，我卻一直在想，若能有機會和這憤怒傷心的男孩交談，提供真誠的幫助，或許，我會這樣對他說吧：

「親愛的沙茶，如果這世界拒絕超重者，請聽我說，不是出於人格歧視或傷害，也不必然都是從美學角度出發，而實在是因為超重者的生理現實，往往不利個人願景實現、不利家庭幸福開拓、不利人類社會發展……，不論就小我、大我來說，都不是人生優質選項之故！

所以，請一定放下消極無益的受傷意識，卻不妨這樣正向思考——

為了一個可期待的優質未來、優質人生，我該做怎樣的調整、改變，才能改善目前狀況，告別舊我，展現新我，讓『貓咪咖啡屋事件』不再令人挫折，有正面的意義？讓貓咪咖啡屋老闆非用我這優質工讀生不可！

並且讓我這，啊，百分百優質男孩，能真正開心的『重拾自尊和自信』……？」

就這樣，一路思索著回家，才彎進小巷，便看見牆頭錯落開滿各色小花的貓咪咖啡屋。

「誠徵工讀生」告示，還貼在門外。

店裡那隻橘黃虎斑招牌貓，也正蹲踞牆頭。

忽然，那貓擺了擺優雅的長尾，響亮對我「妙」了一聲。

好一個「妙」啊！

那麼清亮、肯定的嗓音。

我仰頭對他微笑。

心想，這聰明帥氣貓，大概是在這樣告訴我吧：

「妳打算對沙茶說的話，很棒很妙喔！」

我愛故我在！

他二十歲時，要坐輪椅去埃及旅行。

在××國中演講，聽講學生中，有位坐輪椅的孩子。

演講結束，例行的簽名、拍照後，我坐在休息室裡，忽然，這孩子雙手划著輪椅進來。

陪同他的老師問道：

「陳老師可不可以也和他照個相呢？」

「哦，當然，沒問題！」

我說。

於是，那位老師便把手機橫著拿，又豎著拿，拍了幾張照片。

拍照時，男孩交叉拇指和食指，比著時下流行的小愛心手勢；隨後，教務主任進來，打算送我至高鐵站時，男孩說再見，又朝我們比了一次小愛心，超可愛的！

在高速公路上，主任告訴我，男孩是資源班學生，領有身障手冊，是肢障與輕度智能障礙的孩子，但個性爽朗，人際互動能力還不錯——

「因為他喜歡吃洋蔥、青椒這些一般小孩都討厭的食物，所以大家就叫他洋蔥。」

我不覺為之莞爾。

然後主任又說，洋蔥不愛數學，但在學校進行的「職業試探」中，卻表示對烹飪有強烈興趣，希望將來能朝這方面發展，接著主任問我：

「妳知道這孩子對什麼料理情有獨鍾嗎？」

我搖搖頭，主任也笑著搖頭：

「真是異於常人啊！這孩子說他只想做埃及豆料理！」

「埃及豆？」

「就是雪蓮子。」

主任解釋：

「也有人叫鷹嘴豆。」

然後主任娓娓道來：

「洋蔥在老師協助下完成的報告裡說，大家只知他愛洋蔥，其實他最愛的是埃及豆！並且還列了一大串想做的埃及豆餐點名稱，什麼埃及豆肉丸、埃及豆酪梨漢堡、埃及豆泥抹醬、起司香菜埃及豆煎餅之類。」

我感到有趣且不可思議！

主任則穩健的操控方向盤繼續說：

「因為對埃及豆超有興趣，老師就更進一步指導洋蔥蒐集資料，結果發現，埃及人冬天早上，最愛喝熱騰騰的埃及豆濃湯！這連同番茄、洋蔥、小扁豆和香料燉煮的國民美食，法老王時代就有了，現在街頭還有攤販在賣呢！就像我們的燒仙草、薑汁桂圓茶這些暖心飲品一樣。

所以資料查完時，老師就鼓勵洋蔥，將來可以到埃及去品嚐這正港的濃湯喔！沒想到——」

主任感嘆起來：

「不久前資源班同學寫願望清單，洋蔥在清單上寫的第一個夢想，居然就是——二十歲時要自己坐輪椅去埃及旅行、喝埃及豆濃湯……！」

半小時車程轉瞬即逝，不知不覺間，高鐵站已在前方。

我實在由衷感謝主任，告訴了我洋蔥的故事。

因為在這故事裡，我看見了一個敬業的老師，耐心引導孩子眺望未來、熱愛生命與世界的溫暖做法。

那天我的講題是——我愛故我在！

我不知我認真準備的內容，是否感動了那些孩子？

但這位老師，和一個叫洋蔥的孩子的故事，卻深深，感動了我！

西湖．京都．馬拉松

總有一天，我們會精采圓夢的！

和熱愛跑步的國三女孩帕妮妮相遇，是一個美好的偶然。

猶記那日，在景美溪畔，我正以「微笑速度」(註)跑向木柵，忽有人輕拍我的肩。

回頭一看，一個同樣正在練跑、鼻尖冒汗的女孩好心提醒我：

「妳鞋帶鬆了！」

我謝謝她，彎腰繫好鞋帶再上路時，她已超前二、三十公尺遠了。

但，我們合該有緣！

因為不久後天空開始飄雨，雨點瞬間轉密，女孩停在前方道南橋下避雨，我隨後也來到橋下。

兩個愛跑步的女生先是相視而笑，繼則開始分享起彼此的跑步心得了。

女孩說她叫帕妮妮，今年十六歲，因受小姑影響愛上慢跑，已參加過十公里短程路跑賽，現正以馬拉松為目標練習，打算明年十七歲符合賽齡資格時，完成生命中第一場馬拉松賽事！

不過，帕妮妮說，她心中的夢幻馬拉松是京都馬，因為她是哈日族，特愛京都，且京都馬以平安神宮為終點，沿途會經過金閣寺、銀閣寺等世界文化遺產，都是她旅遊過且很喜歡的地方。
「最棒的是——」
忽然，帕妮妮笑得好開心：
「沿途補給站會提供羊羹、麻糬、昆布茶給選手喔！真令人期待啊！」
我想起一位跑友也有夢幻目標，想從馬拉松跑到雅典，遂告訴帕妮妮。
沒想到她雙眼睜得圓亮：
「馬拉松是地名喔？」
「是啊！」
於是我告訴她，馬拉松是希臘雅典近郊村鎮。
西元前四九〇年，波斯帝國以十五萬大軍，攻打守軍只有一萬人的雅典，兩軍在馬拉松平原交戰，因雅典人抱破釜沈舟決心，以寡敵眾，終擊敗波斯。

獲勝後，一位從戰場上下來的士兵，立刻奉命從馬拉松跑赴雅典報捷，因體力透支，在抵達雅典高呼勝利後猝死！後人為紀念他，舉辦長程賽跑，距離就是馬拉松到雅典的四二．一九五公里，也就是現在馬拉松比賽的標準長度。

知道這典故後，不想帕妮妮竟興致勃勃表示，她將來也想去跑這原汁原味的經典路線呢！

然後帕妮妮問我的夢幻馬是什麼？

我回答她自己近年來已不再跑四十二公里那樣的長度，但心中確實有一夢想——

希望能至杭州，繞風光明媚的西湖跑一圈，約十五公里。

「哇！好棒、好浪漫喔！」

帕妮妮熱情的說。

雨，不知何時停了！

在祝福對方圓夢的微笑中，兩個愛跑步的女生終於分手。

爾後，水岸練跑，我又遇見帕妮妮兩次。

雖未曾再停下來閒聊，但迎面相遇時，我們都曾興奮朝對方歡呼：

「西湖跑！」

「京都馬！」

然後擊掌互喊「加油！」

帶著超high的心情，錯肩奔向各自跑程終點時，我知道，總有一天，我們會精采圓夢的！

註：微笑速度，是指跑步時能保持微笑、感到輕鬆的速度。

我們不是蜘蛛人

開心自信，樂在運動！

傍晚，收到慕斯寄來有著蜘蛛人貼圖的email。email中他說：

「這寒假我又報名攀岩訓練營了，因為想再挑戰一次！」

當電腦游標停在那驚歎號旁不住閃動時，我想起半年前，慕斯高一暑假，也曾報名攀岩訓練營。

那時，其實他最愛的是溜滑板，身手靈活，玩得超帥！

但因喜歡蜘蛛人，覺得徒手攀岩也是很酷的運動，加上好友茄子極力慫恿，攀岩又正式成為奧運比賽新項目，於是，慕斯不但與茄子相偕報名，還動用儲蓄了多年的壓歲錢，買了攀岩鞋、吊帶、手套等。

然後，在那採光良好的室內攀岩場，當教練親自示範基本動作，教他們如何暖身、如何把吊帶扣環拉緊、如何綁上確保繩後，踩著牆面石塊，引體向上——

慕斯，便跨出攀岩新手第一步了。

只是，攀至兩層樓高、向下俯視時——記得慕斯這樣對我說——他忽想起六歲那年，全家去貓空風景區，搭乘地板透明的空中纜車，因深谷一覽無遺超驚嚇，他抱住外公直嚷下車，被姊笑說有「懼高症」的往事，一時之間——

懼．高．症！

三字，竟讓他慌了手腳。

所幸下課鈴響，他迅即沿繩垂降而下，隨即和茄子離開攀岩場，到麥當勞享受了一頓美味炸雞後，倒也不那麼在意了。

只是往後幾日，懼高症陰影，又再度來亂！

不論以手指摳住石縫向上，或緊貼岩壁往兩側移位，竟都不由自主發抖。

最糟則是結訓那日，教練驗收成果，他換腳時失去平衡，一個踩空，竟倒栽蔥直直落，雖確保繩穩穩拉住，安然無恙，卻倍感挫折，覺得很丟臉！

所幸茄子搞笑安慰他：

「這算什麼？我才攀一公尺就手腳發軟，皮皮剉，差點閃尿哩！」

並且加碼告白，他可是「懼高症嚴重到連透明電梯都不太敢搭的人喔！」

會邀慕斯一起報名，就是想克服恐懼，面對自己害怕的事：

「我還打算有一天，去挑戰高空彈跳哩！」

搞笑告白至此，慕斯說他被逗得立馬神復原，當下兩人便約好，寒假再一起報名，並且這回要六公尺攻頂成功，所以——

「請祝福我吧！」

email最後，慕斯這麼說。

凝視這青春、陽光的信良久之後，終於，我如此回覆：

「懼高之心，人皆有之，因為我們不是蜘蛛人嘛！

所以，若攀岩表現不理想，甚至不攀岩，也沒關係喲！

不必糾結在這上面。

畢竟人生可追求的事很多，就算攀岩零分，也無損我們的價值呀！

不過你和茄子想克服恐懼、自我突破的精神意志，很了不起，我非常佩服，那就——

加油！加油！加油！再加油！

祝

開心自信，輕鬆攀岩，樂在運動！

——永遠挺你的××」

按下傳送鍵時，我是真心相信，不論攻頂是否成功？這兩個熱血洋溢的孩子，都能享受那挑戰過程，有所收穫的！

學會愛自己！

——青春的難題之1

離開負面情境，不要再看那些沒建設性的酸言。反網路霸凌，我來了！

到一所國中演講。結束後已是放學時間，但熱情的校長仍興致勃勃，帶我參觀校園。

經過「多元活動教室」，裡頭忽傳來五月天經典名曲「OAOA」輕快的搖滾節奏，十來個學生正開心的在教室內忙著彩繪、剪貼。

我甚感興趣的停下腳步，善解人意的校長遂帶我走進教室。

原來，是某班同學正在趕「反網路霸凌」海報比賽的作品。

比賽是學校辦的，校長說，由於網路使用普遍，校園霸凌已升級到透過線上、數位方式來進行了。

「不瞞妳說——」

校長歎了口氣：

「網路霸凌現在已成為嚴重的校園問題，為了讓孩子認識問題，不要成為加害者或受害者，所以學校辦了這比賽……。」

熱鬧滾滾的教室，不因校長到來，稍減青春活潑的歡悅氛圍，反倒此起彼落響起禮貌的問候聲：

「校長好！」

「來賓好！」

「好」還特別拉長尾音，逗得校長和我都笑了。

我注意到幾張海報上，同學以童趣好玩的娃娃體，分別寫了幾行大字：

鍵盤不是武器，請尊重別人，健康上網！

沒有霸凌，校園安寧！

反網路霸凌，我來了！

我一邊仔細瀏覽，一邊問學校曾發生過什麼真實個案嗎？

校長便告訴我，上學期一位同學演講比賽得到冠軍，招致嫉妒，有人匿名在留言板上酸她「裝可愛」、「心機重」，是「×女」、「恐龍妹」，不但招來旁觀者按讚，甚至留言說這同學是「班上最噁的人」、「看到她眼會瞎」、「這世界沒有她比較好」、「她是摩托車，大家都能騎」等。

赤裸裸的被評價討論，和種種不留情面的侮辱，讓這位同學深受創傷，竟開始出現做惡夢、大量掉頭髮現象！因心痛寶貝女兒被集體霸凌，揪心不捨的父母，不但因此搬家，且還把女兒轉到其他學校就讀了……。

聽校長說完，深感驚訝沉痛的同時，我想起曾獲奧斯卡最佳女配角獎的演員安海瑟薇，說她也曾遭遇過網路霸凌，非常痛苦！

但後來她發現這些負能量所以對她造成傷害，是因為「太在意別人怎麼看我」，因為「我還沒學會愛自己」！

於是她決定不再理會這些雜音、不再閱讀網路負評，簡言之，不要再被影響！

並且在感謝這件事讓她獲得成長時，雲淡風輕說：

「我已放下這些言論，你怎麼想我，與我無關！」

是啊，愛自己的第一件事，豈不就是拒絕讓自己受傷害？

所以若能遇見那女孩，我想我會拍拍她的肩，這樣鼓勵她吧：

「離開負面情境，向聰明的安海瑟薇看齊。

不要再看那些沒建設性的酸言，不要再為那些沒營養的八卦，浪費寶貴的時間、情感和精力！

然後，像你同學在海報上所說那樣高喊——

反網路霸凌，我來了！

總之，要學會愛自己，別讓自己不開心喔！」

如果別人朝你丟石頭

——青春的難題 之2

好好愛自己，就對了！

如何肯定自我、建立自信？

據說，這是青春的難題之一。

除前文所提安海瑟薇外，我也常想起另一個突破霸凌困境、為自己解開這青春難題的人——

流行樂歌手女神卡卡。

雖然，我並不喜歡卡卡辛辣搞怪的作風，但卻不得不佩服、欣賞她在舞臺上，氣場強大、創意自信爆表、高度享受音樂的樣子，恰如她在暢銷單曲〈天生完美〉中歡唱的那樣：

抬頭挺胸
我以我獨特的方式美麗著
別把自己掩埋在懊悔遺憾中
好好愛自己，就對了！

而卡卡更曾說，她每張專輯所傳達的，只有一個主題，那便是：

「我定義自己的成功，我定義自己的存在，我定義自己是誰。沒人能夠定義你，除了你自己！」

不過，這位被《富比世》雜誌選為「全球百大最具影響力人物」、在YouTube影音網站點閱人次超過十億的樂壇天后，中學時代卻是非常顧人怨的C咖，因體重過重屢遭排擠，更因常在置物櫃發現同學罵她的髒話字條，忍不住痛哭！

最虐心的經驗則是有一回，她在一家披薩店外，不但被同學圍堵，還被抓起來丟進街邊垃圾桶，狼狽至極！

為此，卡卡說她變得不想去學校上課，並試圖在人群中隱藏自己。

所幸後來，她從音樂找到心靈寄託與快樂泉源，並在父母和奶奶溫暖鼓勵下，把注意力從負面事物，轉向音樂創作，心靈有所寄託，終於漸漸不再介意別人的惡意傷害，不再害怕做自己，並且開始體認到：

「人不是為了取悅他人而存在！

那些傷害你的人，其實比你更沒安全感！」

因此終解開了屬於她的青春難題，改變了往後的人生。

卡卡是受過正規古典鋼琴和扎實聲樂訓練的流行歌手，從青春歲月飽受霸凌，到後來成為流行教主、VOGUE封面人物、六次獲得葛萊美獎，並在拜登總統就職典禮上受邀演唱美國國歌等，這位以藝術家自許、創下多項驚人紀錄的歌手，已成流行音樂史上一頁傳奇。

可以說，從谷底到高峰，翻轉逆勢，讓人生超展開的卡卡，以她個人成功的故事，充分說明了底下這句話的精義：

「如果別人朝你丟石頭，不要扔回去，留著做你建高樓的基石吧！」

雖然我不愛卡卡誇張狂野的個人風格，但卻非常感佩她成名後，積極為霸凌議題發聲的熱情和努力。

因為她譴責霸凌是「輸家行為」，也曾建議美國總統歐巴馬重視校園霸凌問題，更根據自己傷痛的成長經驗，鼓勵被霸凌的青少年肯定自我、走出陰霾、選擇饒恕，要自信、幸福、勇敢做自己！

記得阿里巴巴集團前董事長馬雲有句名言：「要懂得用左手溫暖右手！」

如此自我支持，豈不就是最好、最美麗的愛自己的方法？是啊，當生活陷入低潮、憂傷、黯淡的時刻，要懂得自我支持！

要去尋找開心、有趣、喜歡、又具建設性的事轉移焦點，而不是停留、耽溺在不快樂的困境裡！

如此以左手溫暖右手，如此以美麗的作為，啟動自我修復系統，激發內在能量，我相信，我們便找到解決青春難題，甚至人生難題的一把鑰匙了！

對世界的祝福成真！

祈禱全球新冠肺炎確診率下降！不久的將來，此疫在人類努力下走入歷史！

二月二十五日，號稱「史上最冷清開學日」的第二天早晨，我特別以skype和沙拉視訊，為她打氣。沙拉過年時和爸媽到上海探親，返臺後因居家隔離、自主健康管理十四天，無法去學校上課。

原本擔心她很鬱卒，但視訊畫面中，她看來心情不錯：「哈！我剛和媽做完一組星星跳，就是開合跳啦！哇，飆了一身汗吔！下午還要和媽一起舉啞鈴，明天的運動是仰臥起坐和深蹲……」

「很好啊！除了運動——」

我問沙拉：

「妳都還做些什麼有趣的事來安排時間呢？」

沙拉露出很陽光的表情回答：

「早上都到雲端學習網上直播課啊，下午去線上題庫做測驗，然後，就看看平常沒時間看的課外讀物，或和爸玩迷宮桌遊，哇，這桌遊超燒腦的，但爸已經快不是我對手啦！哈！對了，今天玩完桌遊——」

沙拉興奮起來：

「要和媽一起做鮮菇椰奶義大利麵當晚餐，會灑上很多起司和芝麻葉，好期待喔！」

接著沙拉說，昨晚死黨紅藜告訴她，開學第一天，全校就有六十幾個同學因病和滯留陸港澳缺席，創有史以來「最低到校率」！而同學進校門時，老師都用額溫槍幫大家量體溫、噴酒精消毒雙手──

「如果額溫超過三十七度，就馬上通知爸媽接回家，還規定在校要全程戴口罩哩！」

然後沙拉笑起來：

「聽說今年開學典禮是看防疫宣導影片，校長講話才五分鐘！下午呢，又在禮堂集合，請一位醫生來教大家正確防疫觀念，明天還要舉行環校越野賽跑喔！」

「環校越野賽跑？」

這我就不懂了。

「紅藜說因為校長認為今年寒假太長，同學變得有點懶，也有點散漫，為讓大家提振精神、恢復活力，並且運動可以增強免疫力嘛，所以辦這賽跑。」

「嗯，了解！」

我點點頭。

「紅藜又說——」

忽然，我感到有點意外的是，講到這兒，沙拉竟有些哽咽起來：

「昨天，校長在鼓勵大家積極抗疫時，還特別提醒——居家隔離同學不能來學校上課，心裡一定不好受，所以對他們要有同理心，不要用異樣眼光看他們，要多和他們聯繫，為他們加油……！」

「哇，好溫暖！」

我忍不住對著視訊鏡頭，豎起大拇指示意，告訴沙拉：

「不過，不管校長有沒有說那些話，相信紅藜都會和妳聯繫，關心妳的啦，對不對？」

「那當然！她敢不關心我？」

說著，沙拉又開懷笑起來。

當skype進入尾聲，沙拉很懂事的要我放心，說她居家隔離這十四天會過得很充實，並且每天都會祈禱：

全球新冠肺炎確診率下降！

不久的將來，這疾病就像往昔鼠疫、天花般，在人類努力下走入歷史！

「是啊！好好照顧自己外——」

關機前，我如此回應她，當成是一種精神上的擁抱：

「相信妳對世界這美好的祝福，會成真的！」

吃人一口，還人一斗

一生想留在這裡，一個叫臺灣的地方！

傍晚七點。

蓮霧從寵物店下班時，騎著她的二手光陽摩托車，送來我訂購的十包貓砂。

幫忙把沉甸甸的貓砂搬進儲藏室後，一如以往，我請這位在寵物店打工的大學生，喝茶微聊天。

今天，我泡的是紫錐菊茶。

才坐下來，蓮霧就迫不及待說她感動了一整天！並且問我，是否還記得她的家教學生阿給？

「記得啊！」

我說：

「就是那個很皮，想當貓頭鷹，因為頭可以三百六十度旋轉的國一生嘛！他怎麼了？」

蓮霧便笑說，今天早上阿給打電話告訴她，報上登的「那件事」，他和他爸爸「有參與」！

「參與？」

這可真有點蹊蹺了！

於是蓮霧接著說，一位來臺服務五十五年的義大利籍呂神父，因新冠肺炎重創義大利，他早年在故鄉所屬的教會修女，集體發燒，卻因醫藥資源嚴重缺乏，得不到治療；更有許多他往日同學、好友，染病死亡後，由於醫院太平間堆滿待處理的遺體，無法存放，竟直接將屍體以卡車載去火化……！種種慘況，令他忍不住淚求臺灣幫助義大利。

「阿給說呂神父以前在宜蘭開『阿兜仔醫院』，免費幫窮人義診，他爸爸曾去過好幾次！」

「阿兜仔醫院？」

我打斷蓮霧問是何意？

「就是老一輩用臺語講的外國人開的醫院啦！」

蓮霧解釋，並接著說：

「由於阿給爸認為，吃人一口要還人一斗，所以昨天就匯款捐了一萬元，連阿給也捐了五百元喔！」

當蓮霧如此敘述時，我立刻想起早上看到的一則新聞：故鄉在義大利帕多瓦的呂若瑟神父，二十五歲時和同樣也是神父的哥哥到臺灣服務，兄弟倆曾先後在澎湖、宜蘭照顧身心障礙兒童和失智老人，把青春奉獻給臺灣偏鄉醫療，直到現在八十歲了還在羅東聖母醫院服務，兩年前他哥哥去世，就葬在宜蘭！

而這次呂神父淚求臺灣協助，是怎麼也沒想到，原訂兩週捐款時間，到第六天就不得不喊停，因為金額已高達一．五億元，超出預期十倍！

並且大排長龍的捐款者中，還有拖著病體堅持排隊的癌末患者、捐出一週賣菜全部所得的八旬老婦、抱著小豬撲滿前來愛心行動不落人後的國小學生等等。

「聽說我們臺灣捐的這筆善款——」

蓮霧喝完最後一口茶時說：

「會用來買呼吸器、防護衣、口罩和醫藥用品，還會轉交梵諦岡教廷和一些教會，在義大利全境抗疫喔！想到那麼多人都好好心，甚至連阿給都這麼溫暖，我真感動了一整天吔！」

離開前，蓮霧還特別打開手機，秀出呂神父的公開感謝信給我看：

「……深夜，我一面回味這幾天臺灣社會帶給我的巨大悸動，一面回顧在臺灣走過的這五十五年，真感謝天主當年把我帶到這裡來。此時我更堅信，這就是我一生想留在這裡的原因！」

啊，一生想留在這裡！

一個叫臺灣的地方！

這樣一個愛、奉獻、溫暖回饋的故事！

向蓮霧說bye時，不只一整天，我想，我會感動——

很久，很久，很久……！

超完美結局

開朗的心和正向態度，也是一種有效的免疫力喔！

新冠肺炎肆虐，臺灣確診人數破百的那個週日下午，戴著口罩，我去一位要好的文友家，談新書出版事宜。

一進門，就看見她女兒杭菊，在窗前用手機講電話：

「謝謝老師關心，我有做好自主健康管理啦！雖然不出門有夠悶，但我很乖，都待在家裡，線上作業也有做。老師你自己也要保重喔……！」

放下手機，回過身來看到我，杭菊叫了聲阿姨後，便以無奈口吻告訴我：

「我們學校中鏢了！」

「中鏢？」

好尖新的辭彙！

原來，杭菊學校一位同學，寒假在歐洲旅遊時，感染了新冠肺炎。幾天前另一位同學咳嗽、頭痛、流鼻水、發燒，採檢後也成確診案例。因達到全校停課標準，所以目前無法上課，學校也將進行全面消毒。

「剛就是班導打電話來提醒我們要『停課不停學』！又問我們在家過得怎樣？心情好不好？怕我們超崩潰！哎，這樣一個一個打給全班同學，有三十幾個人吔！我好感動，但也很難過！」

看杭菊好像快哭出來，於是我安慰她：

「別難過！阿姨會和妳一起加油！這世界也會和我們一起加油的！對了，妳不是說妳很喜歡湯姆漢克嗎……？」

湯姆漢克是奧斯卡影帝，杭菊曾說，她好愛湯姆漢克所主演的《阿甘正傳》和《西雅圖夜未眠》，尤愛他在電影《玩具總動員》裡的配音。

果然一聽此人大名，杭菊便吸了吸鼻子，抬頭看著我。

「他是第一個『中鏢』的好萊塢演員，和太太在澳洲拍片時確診！」

我告訴杭菊：

「但湯姆漢克決定樂觀抗疫，除了Po出他們夫妻微笑合照，還引用他主演的棒球電影《粉紅聯盟》臺詞——棒球字典裡沒有『哭泣』二字——幽默的說他『發誓不哭』！」

杭菊終露出一抹笑意。

「現在湯姆漢克已經出院，正自主隔離，讓粉絲放心不少！所以——」

我提醒杭菊：

「開朗的心和正向態度，應也是一種有效的免疫力！另外——」

見杭菊沒吭聲，我繼續說：

「還有一個和披薩有關的防疫故事……」

「披薩！防疫？」

杭菊睜圓了眼睛。

「沒錯！」

我告訴她：

「這可是不久前發生的真實故事吔！一個大四學生看見報導，說有店家拒送餐點給防疫醫護人員，就說服了從事披薩窯烤的學長，把窯烤車開到醫院門口，兩人戴上口罩卯起來，硬是烤了一百片香噴噴披薩，免費贈送給第一線防疫人員表達支持！」

「好佛心喔！」

杭菊讚嘆。

「當院長出來接受這一百片披薩時說，第一線防疫人員照顧隔離病人，風險高又辛苦！現在有人為他們送暖，他們真的被鼓勵到了！後來，還有醫護人員Po文表示，這是他有生以來，吃過最澎湃好吃的披薩！」

「哇噢——」

杭菊終漸high起來，並且說：

「這真是超完美結局吔！」

「是啊！」

見杭菊已從方才低落情緒中走出，於是我繼續鼓勵她：

「雖然眼前疫情令人沉重，但就在這世界變得好像和以往不同，就像江蕙歌詞《走味的咖啡》所說那樣時，我們還是要穩住自己，用建設性行為面對困境和變化。畢竟，『喜樂的心，乃是良藥』啊！所以，杭菊，讓我們也樂觀祈祝天佑人間吧！」

那日，我除和杭菊約好——疫情期間，不論如何都要在生活、作息、心情上維持穩定正常——外，和朋友討論出版一事，也意外圓滿順利！

回家後，仔細回味和杭菊的圓滿對話，之外，想到即將出版的新書，忍不住開心想，其實，這何嘗不也是一個——

超完美結局呢！

共用耳機聽歌，一人一條線……

他對弟弟的記憶永遠停格在那個下午！

春天的第一個星期日。

早晨，陽光的金手指把人呵得癢癢的。

和×中校刊社約好，在住家附近咖啡屋，接受他們採訪。

我特別提早一小時前往，因為想先享用一頓抹茶拿鐵＋菠蘿可頌的晨光早餐。

當浮漾新鮮奶泡的翠綠拿鐵送來時，一位穿帥氣T恤男孩走近說：

「請問妳是陳老師嗎？」

回問之下，原來是校刊社社長，也同樣提早一小時到。

噢，為什麼呢？

我有點難以置信，不會也為了吃早點吧！

男孩只淡笑一下，說他爸爸曾告誡他，和人相約不可遲到，對長輩尤其不可，所以他很早就到了，想說反正先看看書、做點自己的事，也不會浪費時間嘛！

然後徵得我同意，他把所點的魔幻美人魚星冰樂端過來，我們就共桌了。

「也點個可頌吧！」

我建議。

沒想到男孩笑出聲來，說他綽號就叫「可頌」，因為他本名「可松」，另一個雙胞胎弟弟叫「可柏」。

「噢，那你弟弟綽號是什麼呢？」

我問。

沒想到可頌臉上刷過一抹黯然，說弟弟四歲就過世了。

「哦，對不起！」

驚愕之餘，我深感抱歉，但可頌只平靜說：

「沒關係！」

然後便抿抿嘴，主動告訴我，他們兄弟四歲那年陪媽媽回娘家，小舅帶可柏到海邊玩，他因發燒沒去。結果就在那悲傷的下午，小舅因奮不顧身搶救一個落水國中生喪命，而正在水裡的可柏，也因身邊無人照顧不幸溺斃！

「那真是爸媽人生中最糟糕、低潮的一段日子！報紙還曾登過這則新聞！」

可頌說。

而他當時年紀小，不知爸媽是怎麼走過這揪心可怕創傷的？

只在後來覺得，爸爸好像把本來該給弟弟的一切，全都灌注在自己身上，對他加倍的愛、加倍的管教——

「像魔鬼教練一樣！」

為此，他叛逆期比別人來得早！

但現在，可頌說，他已能完全體諒爸爸的心，不再像過去那樣，老和爸對抗、唱反調了。

「像今天就是。」

我丟出一個「？」的表情。

可頌便解釋道，上週六，不喝酒的爸爸出清過去別人送的幾十瓶老酒，和一位負責收購的年輕業務約好，十點到家估價：

「沒想到十點半還不見人影，爸打電話過去，那業務居然還沒動身！十一點時我爸再打一次電話，回說已在路上，但十一點五十再打去，對方說再過十分鐘會到時，我爸就叫他不必來了！」

然後可頌接著說：

「雖然對方一直哀求，這份業績對他很重要，但我爸超硬，就是不為所動，還對我機會教育，說什麼守時是基本禮貌、成功者人格特質之一啦，一堆，勒令我——如果與人有約，一定要比對方早到！要是在過去，我才不甩呢！但今天我想，」

可頌笑起來：

「好嘛，就照做一次看看，哇，還真靈！不然也不會和陳老師共進早餐了！」

早晨的陽光，暖暖從窗外透進來。
在有一句沒一句閒聊中，當我的拿鐵和可頌的星冰樂，都已見杯底時，眼光飄向窗邊碧樹，忽然，可頌幽幽的說，可柏在他心中，還是很萌的樣子，可愛度爆表！他對弟弟的記憶永遠停格在那個下午！
若弟弟還在，他最想做的一件事就是——
和他共用耳機聽歌，一人一條線！……

✦

窗外，另一個同學也到了，正朝我們開心揮手。
我也揮手回應她。
卻發現，不知什麼時候，眼眶，竟潮潤起來了。

給爸爸一個驚喜！

在行動中愛他、提升他，
並在這樣的愛裡，提升且成長我們自己！

那日，和摯友約好去她家喝下午茶。

門鈴聲響，她兒子黑糖來開門，一見面便說媽媽臨時有事出去一下，很快回來，請我稍待片刻。

看著數月未見、長高不少的黑糖，我問：

「還每天打籃球嗎？」

「幾乎！」

他回答得又酷又短。

「那你還喜歡湖人隊得分王科比，和活塞隊希爾嗎？記得你說過希爾是喬丹接班人！」

提起黑糖喜愛的NBA偶像球員時，只見他笑說希爾已退休，現在他最喜歡的運動偶像，是黃蜂隊第一神射庫里。

如此閒聊著走進客廳坐下，當我順手拿起茶几上一張彩繪圖卡時，黑糖說，那是媽媽給他和姊姊的「通知」。

「通知？這麼漂亮！」

我好奇的問：

「可以看一下嗎？」

黑糖點點頭，於是我打開摺頁——

「給爸爸一個驚喜！

88星光與燭光之夜」

兩句，立刻躍入眼簾，底下文字則宛如一帖散文詩：

「他是我們生命中一個絕對重要的男人！
如一株真正的橡樹或銀杏。
不是說他具備高大的形象，
而是擁有一顆真正堅實的心、堅忍的靈魂，
總獨自面對現實風雨，一肩挑起工作重擔，
好讓我們的生活，如幸福易開罐般，不虞匱乏。

正如再怎麼完美的橡樹也有瘢痕，
再怎麼堅忍的男子，
也有他的缺點、弱點與盲點；
而當歲月流逝，他髮上霜雪漸密，
讓我們學習——
去了解他、關心他、包容他，

在行動中愛他、提升他，
並且在這樣的愛裡，提升且成長我們自己！
那便是，送給他最好的父親節禮物。

八月八日，晚上，
星光滿天時刻，八點零八分，在客廳，
讓我們點起溫馨燭光，
每個人都說出八個他的優點、八個愛他的理由、八個愛他的方法，為他歡渡父親節，好嗎？祝
每天都是我們的成長日！

媽媽」

放下卡片，還未開口，黑糖便說，他爸爸真的是標準的顧家男啦，但也是要求很嚴格的虎爸，常把他叮得滿臉豆花！

他因青春叛逆，若情緒暴走，便會對爸一言九「頂」，霸氣回嘴；還好媽媽是「貓媽」，總能見招拆招，轉危為安。

今天中午他看完這卡片，認真想了想爸爸的優點：

「好像還滿多！」

同時也覺得自己經常理未直氣先壯，又時不時「臉臭很難搞」，所以決定以後一定要「收斂」一點，當成是愛爸爸的方法之一。

噢，多可愛的想法啊！

當我露出讚許表情，正想誇黑糖一番時，忽然他站起來，笑說忘了幫我倒茶，便走向廚房。

看著那輕快利落的背影，觸動之餘，我想，這青春男孩成長的，豈只是身高，更是一顆——

呵，美好的心啊！

地表最強的女兒

心夠堅，願夠強，石頭亦能開花！

半年前，偶然路過某公園旁新開的「哲學咖啡館」。

因被「哲學」兩字吸引，便信步入內，叫了杯冰可可。

正欣賞店內以原木為主的極簡風格時，一位女孩走過來說是我讀者，上學期曾至她們學校演講——

「所以，」

她說：

「不知道可不可以請教妳一個問題？」

午後，店內客人稀少，我抬頭看她座位臨窗，窗外的日日春，花影繽紛，笑說可以後，請服務生把飲料端至她桌上，便一起坐下來。

女孩說她叫愛玉，那回我去她學校演講時曾說：

「最好的心願，就是希望身邊的人都幸福！」

她有做筆記寫下來，但——

「怎樣才能讓身邊的人幸福呢？」

愛玉露出熱切眼神問。

接著她告訴我，她父母離婚兩年多，現在她和媽媽同住，跟爸爸聯繫多半是打視訊電話，但她好想有個完整正常的家！

「雖然我媽說當初和爸結婚是找了一個不對的人！但在我心裡，爸媽都是對的人！只是他們誤會太多了！」

愛玉感傷的說。

因此她想撮合父母，讓他們重拾往日幸福！

然後愛玉告訴我，她媽媽過去是「傻白甜女孩」，高中時同校有個被稱為「校園天菜」、「小宋仲基」、「帥得沒道理」的高顏值男孩，因男孩上補習班——

「媽也報名去補習班，上課都坐在男孩後面，看他的時間比看黑板多，這男孩就是我爸！」

「後來呢？」

我問。

「後來發展成浪漫小清新愛情，爸媽都死會了……！然後，大學畢業爸當完兵找到工作，毫不拖泥帶水就對媽直球式告白，為媽套上玫瑰金戒指，媽甜喊答應後，兩人就閃婚了！」

愛玉說她國小時，看爸媽眼神交流真的有火花，兩人一天到晚黏ＴＴ，但因媽脾氣比較衝，爸和人合夥做生意失敗負債後，媽很生氣，和爸眼神交流就自動斷電，相處也轉換成戰鬥模式，有一次媽斷了理智線吼爸是：

「廢物！敗家男！渣到爆！」

爸整個人大崩潰，從此兩人爭吵、肢體衝突不斷，關係降到冰點，不久就離婚了。

「但我知道他們其實很在乎對方！」

愛玉說。

而由於陷入人生低潮，媽媽逃避現實、安慰自己的方法就是吃！

「狂嗑甜點、垃圾食物，糟蹋身體的結果——」

愛玉快哭出來：

「媽暴肥超過二十公斤，不但身材大走鐘，胃痙攣和失眠都出現了！」

為了不讓媽媽繼續自暴自棄成為「吃貨」，愛玉說，她現在每天都做營養又有飽足感的綠拿鐵給媽媽，又常寫暖心小句鼓勵她要振作，今年母親節還特別買了媽最愛的七彩眼影當禮物，不久前媽媽感染急性結膜炎，雙眼紅腫刺痛，她更半夜每兩小時起來為媽媽點一次眼藥！

不過，她個人覺得最有成就感的，畢竟還是——去年爸認識一個女朋友，她偷偷運用了點小心機，「幫爸斬桃花」成功！然後上禮拜媽生日，又說服爸買了媽超喜歡的榴槤冰心蛋糕為媽慶生：

「爸媽感情真的有升溫喔！」

愛玉眼眸閃現出一絲晶光：

「好希望明年爸媽能破鏡重圓，到時一起來參加我的畢業典禮，然後我們三人甜蜜同框！雖然——」

遲疑片刻後，愛玉認真的說：

「這好像是不可能的任務，但我想做地表最強的女兒，永遠站在爸媽這邊！」

日日春鮮妍的花，在風中點頭。

壁上咕咕鐘，忽然很童趣的響了起來。

感動之餘，滿心愛憐！

於是，我握住愛玉的手告訴她：

「妳已經把女兒的角色做好做滿了！在讓爸媽幸福的路上，更做了很多很棒的事！就讓妳的心，帶著妳繼續向前走，其他的事就交給爸媽吧！為了妳的幸福，相信，他們也會為妳做很多很棒的事的！」

的確！

我不能預言未來的發展。

也不知愛玉爸媽，是否會聯袂參加她的高中畢業典禮？

但若心夠堅願夠強，石頭都能開花的話，那麼，以「地表最強女兒」自許的愛玉，應也能為父母和自己，找回失落的幸福吧！

我如是想著。

讓我哭一下，一下下就好！

她下定決心，非打贏這艱難的戰爭不可！

和丁香第一次相遇，是在某民間戒菸團體。

當時她才國小六年級，是一個認真的戒菸小尖兵，假日總和義工哥哥姊姊到公園、百貨公司週邊，宣導戒菸。

我因常至該機構訪友，幾次往返，便認識了丁香，且發現這純真女孩最大的煩惱是——

爸爸是老菸槍！

因此，當朋友所屬之戒菸團體到學校召募種子義工時，丁香便立刻報名成為小尖兵，立志要幫爸爸（和哈菸族）戒菸，且堅定表示，將來若交男朋友，首要條件就是——

不能抽菸！

至今我仍記得丁香告訴我，她爸是十七歲那年，因學長慫恿而抽了生命中第一枝菸的。

剛開始覺得好玩，沒想到不知不覺就對尼古丁上癮、產生依賴——

「不但工作壓力大時靠菸紓壓，平常沒事也習慣一菸在手，弄得家裡都是菸味，即使不在我們面前吸菸，可是殘留在衣服、車子和房間裡的二手菸、三手菸，也同樣對健康有害啊！姊和我不知抗議多少次了！甚至，我們拿紅筆在爸香菸盒上打大×，或畫恐怖骷髏頭，都沒用！後來——」

丁香說：

「爸最凶一天要抽兩包時，牙齒開始變褐發黃，喉嚨痛、肺氣腫，甚至『三高』和骨質疏鬆都出現了。有一次爸媽為戒菸吵架，媽還對爸說『你不能比我早死！』聽得我好難過喔！」

由於是戒菸小尖兵，丁香表示，她知道臺灣每年有三萬人死於菸害，全球每年因菸害死亡人數更超過七百萬人！所以，為了守護爸爸健康，她下定決心，非打贏這艱難的戰爭不可！

記得當時，我曾懷讚許之心為丁香加油，卻不想光陰荏冉，再見到這意志堅定的女孩，她已升國三了。

那日在朋友辦公室與丁香不期相遇時，她欣然告訴我：

「爸爸已開始戒菸嘍！因為走在路上吞雲吐霧——」

她笑起來：

「爸說老遭人白眼，真的很不是滋味！不過最主要還是因為我姊……」

忽然丁香傷感的說：

「姊才高一，卻決定一個人到紐約學音樂，上個月離開臺灣，登機前爸問她害不害怕？姊什麼都沒講，只抱住爸說：『讓我哭一下，一下下就好！』

爸說他很不捨，當下便浮起一個念頭：一定要看到姊姊畢業、結婚！

剛好沒幾天，爸一位菸槍好友心肌梗塞，又因染上流感而過世！爸受到刺激，當下掏出身上打火機和菸丟進垃圾桶，就開始戒了……！」

就這樣，在為丁香高興的祝福聲中說再見，之後，我是再怎麼也沒想到，今年五月最後一天，朋友邀我參加「世界無菸日」（World No Tobacco Day）活動時，竟又意外遇見了她。

穿著北一女綠制服的丁香，如今，已是婷婷玉立的青春少女了。

當我問起她父親時，丁香臉上掠過一抹令人心痛的滄桑，深深歎了口氣說，畢竟她爸爸菸齡長達三十年，戒菸真的不是那麼容易的一件事，所以幾次下定決心戒菸，最後都以失敗收場！

「因為我爸說太難熬了！一定要點支菸才踏實！」

丁香幽幽的說：

「雖然後來爸改吸電子菸，但我知道電子菸常添加大麻和安非他命，有毒品成分，更不能碰！所以就想盡各種辦法——哄爸去戒菸門診，又幫他報名健身房，陪爸假日登山、游泳、騎自行車、看院線電影、看拒菸行動劇場表演，還和爸約法三章，我們父女一起努力，為心中目標——他成功戒菸，我大學考上前三志願——分頭奮鬥，一起努力！……

總之，使出渾身解數、洪荒之力，只希望能鼓勵帶動爸，降低對菸的依賴，哪怕一點點也好！真的是辛苦好久好久喔！終於——」

欣慰的微笑中，丁香眼裡泛起水光：

「現在，我爸已有半年以上沒碰菸，家裡現在零菸蒂！而我知道，在那麼多次破戒和失敗後，爸是真的成功克服菸癮，以後再也不會吸菸了！」

說到這裡，忽然，丁香掩臉背過身去，哽咽起來：

「對不起，讓我哭一下，一下下就好！」

我心裡，也不免，有水光閃動。

因為這綿延數載、鍥而不捨、刻骨銘心的歷程，不是一個平凡的戒菸個案，而是一個——

不折不扣的愛的故事啊！

只要我喜歡……

人生，是不是還有其他，更值得嚮往追求的事情、目標呢？

1. 心臟夠大顆，沒在怕的！

認識國三女孩小卷，是在××醫院骨科候診室裡。我來拆除左足踝傷口縫線。小卷，則和媽媽陪坐輪椅的哥哥來複診。

當護士叫號請小卷哥和媽媽進診療室後，看診燈號就一直停住不動。

「這麼久！」

忽然，在我身邊座位上的小卷，闔起手中正在看的《強棒國中英文複習》嘀咕起來。

我對她笑說：

「應該快了吧！」

她也聳肩朝我笑笑，然後把書收進背包裡，枯坐半天的我們就這樣逐漸攀談起來。

小卷說，雖然哥哥大她六歲，但他們兄妹感情超好。愛騎重機的哥哥常和一票重機族，頭戴錄影設備，以手機連線，將飆車過程上傳。

有一回，他們深夜挑戰被稱為「飆車天堂」的臺三線苗栗段後，在某超商前休息買飲料。

由於高分貝引擎噪音，洶洶轟轟，吵得附近居民出來說無法睡覺，甚至還有人氣得拿出球棒抗議，上前來要拔掉車鑰匙！

小卷說，她個人也很不喜歡哥這種做法，再加上哥狂飆馬路曾被警察攔查取締，所以她曾好幾次勸他：

「拜託不要這樣亂來好不好？速度那麼快，真嚇死人吔！但哥總說他『心臟夠大顆』，沒在怕的！且飆速過程中那種爽、酷、帥、威的感覺，令他覺得自己很有成就感！」

2. 什麼都不要，就是要威！

「所以，妳哥現在坐輪椅——」

我忍不住問了：

「是騎重機摔的？」

沒想到小卷搖頭說不是。

「哦？」

我有點意外。

於是小卷告訴我，去年，她哥在網上曾和某富少討論「飆車的快感、過癮感、成就感、英雄感」，兩人因「志同道合」、「理念一致」變得超麻吉。

這位富少的價值觀是「只要我喜歡，有什麼不可以？」和「什麼都不要，就是要威！」

飆車，便是富少認為「威到爆」的做法，只是富少飆的不是重機，是超跑。

小卷表示，富少喜歡高調炫富、炫車技，曾深夜帶哥飆車炸街，看行人嚇得閃邊站，就覺得超威！

哥羨慕之餘曾說將來若他「荷包夠深」，也一定要租超跑來炸個過癮！

炸，街？

這可是從未聽過的新詞呀，我忍不住問小巻何義？

小巻解釋：

「就是重踩油門，時速破百，讓引擎發出震破耳膜的噪音，飛速飆街啊！」

然後小巻說，哥哥坐輪椅，便是上個月富少凌晨駕寶馬超跑，上傳IG限時動態分享，邊開車邊直播，以時速一百五十公里「炸隧道」造成的！

但沒想到車子失控，進隧道不久先高速飛撞護欄，再猛烈彈撞隧道內夜間施工的工程車，結果寶馬超跑被撞成廢鐵，車頭粉碎，零件四散，場面很驚悚！

3. 如果拿這錢換你一條命，你要不要？

「當時富少和駕駛座旁的哥，都卡在車裡動彈不得！」

小卷歎氣說：

「後來被救出來，哥除了氣血胸外，還多處擦傷、雙腿骨折！現場正在施工的工人也都受傷，還有一個被撞死！聽說才二十四歲，去年剛結婚，太太還懷有身孕……！」

小卷說，她哥因出現腦震盪現象，曾住院觀察，現在則因雙腿骨折打上石膏，只能靠輪椅代步，復健之路漫長！更糟的是右手中指、食指、大拇指肌腱受損，今後將無法用力握拳、伸直右掌，只能靠左手寫字做事，一切得重新開始學習、適應。

「哥很難接受，脾氣變好壞喲！」

說到這，忽然小卷眼泛淚光，哽咽起來，於是我趕快轉移話題：

「那富少呢？」

小卷吸了吸鼻子，緩和下來才說，富少雖也受傷，但沒哥這麼嚴重，只是他現在麻煩的是，和死者家屬談和解金遭拒，聽說那位懷孕的遺孀，曾淚流滿面對富少嗆聲：

「如果拿這錢換你一條命，你要不要？」

小卷說，富少後來撐拐杖出席死者告別式，曾跪在棺前向遺照磕了三個響頭，口裡直唸：

「對不起，對不起，以後不會再這樣了！」

但還是被死者家屬痛罵他害死無辜，將來「會一輩子活在懺悔裡！」

4. 你喜歡，別人不見得喜歡啊！

雖富少一再強調，事發當時他「沒想那麼多！」事後也深感後悔，希望有彌補的機會，但畢竟因觸犯「妨害公眾往來安全罪」已被起訴。

「聽說最重會判無期徒刑，或七年以上有期徒刑吔！」小卷露出有點嚇到的樣子。

「應該還不致於無期吧！」我說。

但小卷表情卻使我想起，有位喜歡極速運動的教練級朋友曾說：

「超高飆速，只應出現在練習場地或賽道，而非道路和一般行人用路上！」

哎，這群不知天高地厚、本位主義，只顧逞一時之快、一己之私，卻付出慘痛代價、又毀了別人幸福的年輕人啊！

於是我告訴小巻：

「『只要我喜歡，有什麼不可以？』這想法，真的很損人不利己吔！」

「蛤？」

小巻瞪大了眼睛。

「ㄟ，我是說，過度伸張自己的自由——」

我盡可能表述得讓這國三女孩明白：

「只想自己，而不考慮別人和後果，就會這麼慘啦！我們不能事後用一句『沒想那麼多！』就輕描淡寫帶過，應該事前就先想——自己的『喜歡』會不會傷害、侵犯到別人？甚至會不會犯法？畢竟，你喜歡，別人不見得喜歡啊！而如果還觸法，就真和自己過不去了！這就是所謂的同理心、換位思考嘛，對不對？」

5. 會增加自己和這世界的幸福感嗎？

看小卷不說話，其實我還想告訴她：

「沒錯！在人生中，『我喜歡』，的確是、也應該是我們行事的一個依據，但『我喜歡』之上，更該思考的卻是——這個『喜歡』是否有建設性？是否對自己、別人、甚至對這世界真的有意義？會增加自己和這世界的幸福感嗎？

而除了爽、酷、帥、威、過癮、英雄感、炫富炫技……這些虛幻狂野短暫的滿足之外，人生，是不是，還有其他更讓人有成就感的事情、讓人更值得嚮往追求的目標呢？」

是啊，我真的很想如此真誠的告訴小卷，但忽然——

「叮咚！」

看診燈號閃動了。

診療間門啟處，小卷媽推著她哥輪椅出來。

明顯看出小卷媽哭過，她哥則緊蹙眉頭，低潮失落的樣子。

小卷立時從座位彈起，熱切奔向他們。

然後，親子三人就沿著醫院走廊，朝出口走去。

那沉默哀傷、落寞前行的背影啊！

我亦不免為之黯然。

但對於他們，除了默默祝福外，我還能說什麼呢？

最屌的事

愛，是不求自己的益處。

1. 又不是媽寶，幹嘛這樣？

由於愛帥、耍酷、喜歡什麼事都不甩的那股屌勁兒，男孩薯條一直是歌手周杰倫的鐵粉。

因為周杰倫超殺的眼神、表情和演唱動作，在他看來，無不酷勁十足，有夠屌！

不過，當薯條發現，酷勁破表的周杰倫竟曾說過「聽媽媽的話，最屌！」(註1)這經典名言時——

「喂，有沒有搞錯啊？！」

薯條叫起來，並且由於實在太意外了，一時之間竟楞在那兒。

因為薯條向來嫌媽媽囉嗦、什麼事都要管、什麼事都要問——

「很煩吔！」

他常在心裡嘀咕。

如果老媽只在他想喝運動飲料時就把舒跑奉上，想吃獅子頭時一打開冰箱就有，想每月零用錢「加薪」時給得超慷慨，還有，捷運悠遊卡餘額不足二話不說立馬給予神支援……就好了！其他的事，他自有想法、主張，不需任何人干預過問，尤其總愛對他說stand by your side的老媽！

所以，聽媽媽的話，最屌？

拜託！又不是媽寶，幹嘛這樣？

而尤其離譜的是，這話誰說都很正常，但若是周杰倫說，就太匪夷所思了！

2. 一位酷勁爆表的叛逆偶像

那天，在「路易莎」和薯條一起喝莊園拿鐵時，他偶然提起了這「超匪夷所思」之事。

由於薯條是我很親的晚輩，記得我曾和他提過日本一位性格演員高倉健，薯條也蠻喜歡他的，於是沉默片刻後，我岔開話題問薯條，是否還記得高倉健？

「記得啊，為什麼提他？」

薯條問。

是啊，為什麼提他？

我神祕的笑了笑。

因為高倉健是日本國寶級演員，他的代表作《鐵道員》，經我推薦，男孩在網路上看了一次後，因為喜歡又再看過一次。

在這部以北國雪地某廢棄火車站為背景的電影裡，舉手投足都是戲的高倉健，因演活了那深情執著、讓人飆淚的鐵道員，曾獲日本電影金像獎男優賞。

但薯條不在乎演技，他所深深著迷的是，高倉健——那緊抿的薄唇線條，那倔強的硬漢表情，那銳利冷峻、天生反骨的叛逆眼神等——總之，那超屌的個人形象，無一不合薯條心中的偶像標準。

但薯條卻顯然不知道，這勁酷爆表的叛逆偶像，在日本電影界，也是出了名的「聽媽媽話」的演員呀！

3. 他童年最恨吃魚！

有關高倉健和母親的一個故事是這樣的：

由於高倉健童年最恨吃魚，為導正這行為，他母親總在用餐時，把魚連頭帶尾放進高倉健碗裡，並告訴他——日本「武聖」乃木大將（註2）為自我訓練，曾強迫自己食用厭惡的食物，結果幾次下來，不但不再排斥，還成為不可或缺的盤中飧呢！

但倔強的高倉健仍堅拒吃魚，於是母親便每日持續將魚放進他碗裡，直到高倉健改變態度，接受了魚為止。

這在薯條眼裡看來，簡直是「超匪夷所思」的「精神虐待」！

然而高倉健成年後追憶此事，卻認為母親所教誨、磨鍊他的，正是他終生受用不盡的「忍耐」二字！而母親在表面強勢、嚴厲、高壓作風下，內心所深藏的，其實卻是「無人能及的細膩之愛」！

這無人能及的細膩之愛，高倉健曾在一篇題為〈期待您誇獎〉的小品中，以無比感念語氣寫道：

童年冬日，他腳後跟常凍傷皸裂，母親總親自為他敷藥。成年後，某次在冰天雪地裡拍片，腳後跟又凍傷皸裂，高倉健自行塗藥療傷，並貼上膚色OK繃，這事從無人知曉。但母親卻在看電影時一眼瞥見那膚色OK繃，而心疼愛兒腳後跟又凍傷了！

4. 全世界唯一看到他腳後跟OK繃的人

這篇追懷亡母、娓娓敘述母親是全世界唯一看到他腳後跟OK繃之人的深情小品，是高倉健獲得日本文藝獎之作。

當八十二歲那年，獲日本天皇頒授文化勳章時，叛逆神態與反骨本色猶在的高倉健，仍不忘於得獎感言中表示，這一生影響他最深的女性，是母親！他在複雜演藝圈打滾多年，始終沒有走偏、學壞，最關鍵的原因也是「不想讓母親傷心！」

高倉健說：「對我而言，母親就是規範，就是法律！」

由於在乎母親感受，人生諸事都以「不想讓母親傷心」為最高指導原則，「聽媽媽話」的結果，這位固執倔強、天生反骨的硬漢，不但在浮華演藝界和險惡現實叢林中不曾迷失，還開創了輝煌精彩的演藝生涯，成為日本電影界第二位由天皇頒授文化勳章的演員。

5. 這是「超匪夷所思」的祝福嗎？

記得《聖經．哥林多前書》曾說：「愛，是不求自己的益處。」

雖然，「聽媽媽的話」，是否最屌？

我不知道！

「但如果這個媽媽，」我問薯條：「凡事不求自己的益處，卻處處以你的幸福、健康、圓滿、人生遠景為依歸，那麼所謂媽媽的話，其實，就是媽媽的愛了！這樣，聽媽媽的話，就像你所欣賞喜歡的周杰倫、高倉健那樣，有什麼不好呢？而如果這世上——」

看薯條不吭聲，我繼續接下去：

「有人能無條件、無所求地對你說stand by your side！難道不是件幸福之事？」

沉默中，莊園拿鐵的香氣，何其感性、芬芳！

於是秉持一顆最真誠的心，我告訴薯條：

「如果，聽媽媽的話，最屌！那麼，薯條，我衷心祝福你去做這最屌的事，也祝福你，成為最屌的人！」

然後就在眼前這男孩未置可否之際，我心血來潮又加了一句：

「不好意思，這是『超匪夷所思』的祝福嗎？」

把棒球帽簷往上推了推，微微搖搖頭。

很高興！

我看見薯條，笑了起來。

註1：那是周杰倫看完九把刀作品《媽，親一下！》的讀後感言。

註2：乃木希典（一八四九—一九一二），日本陸軍大將，曾留學德國，並於甲午戰爭中立功。甲午戰後他率軍自枋寮登陸臺灣，佔領鳳山等地，任臺南守備司令，後被任命為臺灣總督。一九〇四年日俄戰爭爆發，受命為日本陸軍主將。一九一二年明治天皇駕崩時，他為天皇殉死。雖日本民間奉乃木為「軍神」、「武聖」，但亦有史家以其「一將功成萬骨枯」作風和殉死行為，給予負面評價，稱之為「愚將」，他的歷史功過尚未定論。

【後記】當世界在早晨敞開了它的光明之心

世界在早晨敞開了它的光明之心。
出來吧！我的心，
帶著你的愛，去和它相會！
——泰戈爾

當世界在早晨敞開了它的光明之心！

從一枕黑甜中初醒，我們的心，會帶著什麼，去和它相會呢？

我的一位愛樂朋友，每天醒來第一件事不是看手機，而是聽貝多芬、巴哈、蕭邦等古典樂，讓自己「一起床就保持好心情」。

一位相信「Life is better in happiness」的朋友，喜歡以「say yes！」的正向暗示，為自己全新的一日定調。

另一位有趣的麗友，則喜歡以一頓微笑早餐，開始她「美好而值得期待的一天」！

這微笑早餐，也許是，以綿稠奶泡，繪出一顆甜蜜愛心的拉花拿鐵。

也許是，展現了多層次榛果風味的焦糖瑪奇朵。

當體重微跌的日子，就開心的再加一個藍莓乳酪貝果，或爆漿抹茶甜甜圈，然後決定——

不論今天吹的是逆風、順風？都要神采奕奕，打造出一個充滿幸福感的日子！

✦

當世界在早晨，如泰戈爾所言那樣，對我們敞開了它的光明之心時，眺望「今天」這全新的一段時光微旅程，呵，究竟，我們，應以怎樣的一顆心，去和它相會呢？

除了上述這些我的趣友、雋友、麗友之外，據說——養生人士，總愛以一杯能量滿滿的精力湯、綠拿鐵，去揭開一天的序幕。

深信「日日皆好日」的樂觀者，會鼓勵自己不憂不懼、積極堅強，並期許今天，是個值得感謝的豐收日！

戒菸失敗的癮君子，在金箭似晨曦躍入眼瞳瞬間，如受天啟般，或許會下更大決心，再試一次！

自認是運動遜咖、不奢望能參加馬拉松賽的素人跑者，也說不定，就在這全新且充滿無限可能的一天，不再自我設限，並發心挑戰四二．一九五公里之完跑夢想。

而充滿關懷意識的優質暖男、暖女呢，也極可能會以拯救一隻流浪貓、流浪狗，或以「今天，在捷運站，我要對打掃廁所的清潔工說聲謝謝！」為目標，冀望為這需要療癒的世界，增添一點溫暖與快樂。

至於，那許多，啊，不忍千瘡百孔的地球繼續惡化下去的有心人啊，張開雙眼，帶著愛，和「今天」相會時，他，或她，所熱情面對與全心投入的，豈不又是忙碌充實的環保日課：

減少碳里程、騎自行車上學上班，要不，搭大眾運輸工具也可以；還有，這是用嘴巴抗暖化的無肉日喔！對了，還要自備餐具、力行資源回收、隨手關燈、節約用水、重複使用物資、冷氣調高一度，堅持不用或幾乎很少使用塑膠袋，等等。

✦

當世界在早晨敞開了它的光明之心！

人間每一個開始今日腳程的人，不論出發點、方向、路線、目標如何不同？

但，當我們決定以陽光表情、陽光心情、陽光態度，守護自己的善良，並讓自己成為這世界的正能量時，我們，便實踐了泰戈爾那句話中「愛」的真義。

而所謂愛，簡單來說，豈不就是——

讓自己的存在，對這世界而言，有美好可喜的意義！

於是，當世界一次又一次，在早晨，敞開了它的光明之心！

是的，當一個又一個，全新的二十四小時，在眼前欣然開啟之際！

我們這顆既脆弱又堅強的心，究竟，會選擇，或決定，以什麼去和它相會呢？

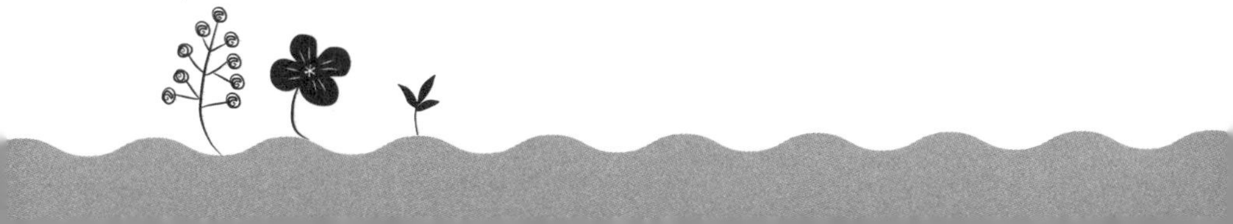

國家圖書館出版品預行編目 (CIP) 資料

你為幸福而生！/ 陳幸蕙著 . -- 初版 . -- 新北市 : 字畝文化創意有限公司出版 : 遠足文化事業股份有限公司發行 , 2022.09
面； 公分
ISBN 978-626-7069-76-9(平裝)
863.55 111007769

XBYA0001
你為幸福而生！

作　　者｜陳幸蕙

字畝文化創意有限公司
社　　長｜馮季眉
責任編輯｜陳心方
編　　輯｜戴鈺娟、巫佳蓮
封面設計｜兒日設計

讀書共和國出版集團
社長｜郭重興　發行人兼出版總監｜曾大福　業務平臺總經理｜李雪麗
業務平臺副總經理｜李復民　實體通路協理｜林詩富
網路暨海外通路協理｜張鑫峰　特販通路協理｜陳綺瑩
印務協理｜江域平　印務主任｜李孟儒

出　　版｜字畝文化創意有限公司
發　　行｜遠足文化事業股份有限公司
地　　址｜231 新北市新店區民權路 108-2 號 9 樓
電　　話｜(02)2218-1417
傳　　真｜(02)8667-1065
電子信箱｜service@bookrep.com.tw
網　　址｜www.bookrep.com.tw

法律顧問｜華洋法律事務所　蘇文生律師
印　　製｜中原造像股份有限公司

2022 年 9 月初版一刷　　定　價｜330 元
ISBN ｜ 978-626-7069-76-9　　書　號｜XBYA0001
EISBN ｜ 9786267069981(PDF) 9786267069998(EPUB)

特別聲明：有關本書中的言論內容，不代表本公司／出版集團之立場與意見，文責由作者自行承擔。